_____ 님에게

혼자라고 생각하는 순간까지도

　　　　우리는 함께 살아가고 있습니다.

그것은 분명 따뜻하고, 멋진 일임에 틀림없지요.

_____ 드림

이제 혼자 아파하지 마세요

이제 혼자 아파하지 마세요

국내 최초 단원고 스쿨닥터
김은지 원장의 마음 토닥토닥

김은지 지음

마음의숲

누군가와 오랜 대화를 나눈 끝에
'치유 받는' 기분을 느낀 적이 있는가?
누군가와 특별한 관계를 맺으면서
자기 자신에 대한 호감을 되찾은 적이 있는가?
만약 그렇다면, 이는 믿을 수 있고
서로 개방적이고 솔직한 상황에서
두 사람 사이에 상호 작용이 일어난 것이다.
상대방은 어떠한 판단도 내리지 않은 채
온전히 관심을 기울이며
당신의 말을 들어주었을 것이다.

– 칼 로저스 Carl Rogers

각자 삶을 사랑하는 방식이 다르다
각자 삶의 무게를 견디는 방식이 다르다
각자 삶을 흘려보내는 방식이 다르다
각자의 모퉁이를 돌아 잠시 서로의 삶을 응시할 때

그저 툭 한마디
좋네

그래 우리 참
좋네

머리말

"우리를 망가뜨릴 수 없다."

2014년 단원고 학생들이 돌아오지 못한 학생들에게
남긴 글들을 정리하여 짧은 영상을 만들었을 때 마지막에
넣은 글귀입니다. 단원고의 모든 사람들이 아픔에도 불구
하고 절대로 망가지지 않았으면 하는 마음으로 말이지요.
우울하지도 말고, 힘들지도 말고, 재난에 지지 말고 모두가
그렇게 지나갔으면 했었습니다. 그때는 그랬었지요. 할 수
있으리라고 믿었습니다. 제가 단원고에 들어가서 트라우마
에 고통받는 사람들을 도울 수 있으리라 생각했고, 그들의
고통을 줄이리라 마음 먹었었습니다.

그때로부터 6년이 지난 지금도 여전히 저 글귀를 좋아
합니다. 아니, 오히려 그때보다 더 많이 좋아합니다. 글귀

사이사이에 남은 눈물, 고통, 참담함. 그럼에도 재난이 우리를 망가뜨릴 수 없음을 증명하는 수많은 사람들의 따뜻한 연대, 돌봄……. 마침내 긴 시간을 거쳐 조금씩 드러나고 있는 재난 경험자들과 우리 사회의 성장, 그 모든 이야기가 담겨 있으니까요. 다시 보니 저 글귀를 인용했던 제 스스로가 참 용감해 보입니다. 그때는 저 짧은 글귀에 이렇게 많은 것들이 담겼음을 잘 몰랐나 봅니다.

안타깝게도 우리 사회에는 트라우마, 재난이라고 불릴 만한 일들이 참으로 많이 일어납니다. 다행인 것은 예전보다 많은 분들이 사회적 재난에, 그것이 우리의 마음에 미치는 영향에 관심을 갖는다는 것입니다.

처참하고 잔인한 재난의 경험 속에서 만났던 보석 같은 순간과 기적 같은 희망을 함께 공유하고 싶었습니다. 사회적 트라우마를 겪은 뒤 제가 만난 사람들은 서로를 보듬으며 치유되고, 성장하고 있었습니다. 그 소중한 경험을 이 책에 담았습니다.

물론 재난 트라우마에는 어둡고 참혹한 부분들도 있습니다. 하지만 고통을 겪는 동안에는 느끼기 어려운 연대와 돌봄도 분명 그 안에 있습니다. 고통을 이겨내기 위한 무의식적 노력이라고 할까요. 끝이 보이지 않는 고통의 시간들에 맞서 나가다 보면 어느새 성장한 우리의 모습을 발견하게 됩니다. 어쩌면 함께 하고 싶다는 의지는 마음속에 씨앗처럼 품어져 있는 것인지도 모르겠습니다.

코로나가 세상을 덮친 후로 많은 생각을 했습니다. 세상에 같은 재난은 없지만, 어떻게 해야 조금이라도 대비할 수 있을까? 가능하다면 고통의 시간을 보내고 있는 분들에게 이 책이 작은 촛불이 되어 자신의 주변을 둘러싼 사람들을 발견하고, 결국엔 그 사람들과 함께 성장하는 자신의 모습을 볼 수 있기를 소망합니다. 어려운 시기를 지나고 있는 모든 재난 피해자들에게 따뜻한 마음과 함께 진심의 힘을 보탠 한마디를 전하고 싶습니다.

"나는 당신과 함께입니다."

목차

1장

연대   나는 당신과 함께입니다

4장

성장   살아내고 사랑하고 꿈을 꿉니다

함께해서 위로가 되는 이야기

연대

solidarity

나는 당신과 함께입니다

일상의 회복은
사소한 것에서부터

그날은 햇살이 쨍한 봄날이었습니다. 잘 정돈된 가로수, 흐드러지게 피어 있는 꽃, 정답게 지나가는 사람들. 아무 일도 없었다는 듯 평화로운 풍경이 펼쳐져 있었습니다. 여기 온 목적을 잠시 잊을 정도로요.

이제는 교문을 통과하는 것이 익숙했습니다. 참사 이후로 일주일이 지났고, 학교는 다시 문을 열 준비를 하고 있었습니다. 문득 어제 올라왔던 공지가 떠올랐습니다. 오늘 봉사자들이 해야 할 일과 함께 학교에 다시 나오는 아이들을 어떻게 맞아줄지, 첫 수업 시간은 어떻게 시작되면 좋을지 고민했던 내용들이 머릿속을 스쳐 지나갔지요.

상담실을 향해 올라가는 길에 실종자들을 기다리는 편지들이 여기저기 붙은 채 바람에 나부끼고 있었습니다. 일일이 읽어보지 않아도 슬픔과 절망이 마음을 답답하게 짓눌렀습니다. 이렇게 큰 슬픔을 딛고 아이들이 다시 시작할 수 있을까…….

학교는 아직 무거운 적막에 싸여 있었습니다. 아니, 적막이 아니었습니다. 간간히 들리는 어른들의 목소리, 공사하는 소리, 때로 들리는 누군가의 울음소리…… 왁자지껄한 아이들의 소리가 사라진 학교는 적막이라고 착각할 정도로 무거운 공기에 짓눌려 있었던 것입니다.

이런저런 생각에 잠긴 채 2층을 지나 3층을 향해 몸을 돌렸을 때 한 아주머니 무리를 맞닥뜨렸습니다. 형광 초록색 조끼를 입은 아주머니들은 무언가를 열심히 닦고 있었습니다. 조심히 피해가며 슬쩍 보았더니 초록색 수세미로 계단의 금속 부분을 닦고 있던 것이었습니다. 난간을 걸레로 닦는 분들도 있었습니다. 고개를 들어 위쪽을 살펴보니 다음 층에도, 그 다음 층에도 아주머니들이 땀을 흘리며 작업을 하는 중이었습니다.

아주머니들 사이를 지나 5층 상담실로 올라가면서 걸음에 점점 힘이 붙었습니다. 깊은 바다로 빠져드는 것 같은 슬픔에 길을 잃던 마음이 아주머니들의 재빠른 손놀림에 금세 살아났습니다. 말하지 않아도 모두가 같은 마음이었을 겁니다.

'일상은 이렇게 시작하는 거야.'

단원고는 세월호 참사로 이백오십 명의 아이들과 열 명의 선생님을 잃었고, 혼란에 빠져 있었습니다. 그런 학교를 다시 열 수 있도록 아름다운 마음들이 돕고 있었던 거죠. 그 마음들은 심지어는 밤 아홉 시, 열 시가 되어도 집에 돌아가지 않고 학교를 지키고 있었어요. 아이들이 돌아오기를 기다리며 촛불을 들고 빽빽하게 모여 있는 그 모습은 정말 감동적이었습니다. 자원 봉사를 마치고 퇴근하다가 무수한 촛불들을 멍하니 바라보았던 기억이 생생합니다.

오월 초, 개학을 한 아이들의 조잘거리는 소리가 들리자 그제야 여기는 재난 현장이 아니라 학교였지, 하는 생각이 들었습니다. 전쟁터처럼 느껴지는 이 학교가 원래는 이랬겠구나, 싶으면서 하루빨리 학교를 정상화해야겠다는 생각을 했죠. 그래야 남은 아이들이 일상을 회복할 수 있으니까요. 낯설기만 했던 공간이 그제서야 진정한 학교로 느껴지는 것 같았습니다.

서로 부여잡고 울면서 힘을 북돋던 날들, 세월호 참사 이후 새롭게 단원고의 문을 열기 위해 모았던 마음들, 운동장 가득 빛나던 촛불들. 스쿨 닥터를 하며 힘들 때마다 이 장면들을 떠올리곤 했습니다. 얼마나 우리가 서로를 지지하고 함께했는지를요.

필요할 때
그 자리에 있어 주는 것

저는 색깔을 통일하는, 소위 '깔맞춤'이라고 불리는 행동을 좋아합니다. 인테리어 역시 굉장히 좋아하고요. 제 취향에 맞춰 집을 그레이 톤으로 꾸며두었는데, 요즘은 소방법이 강화돼서 무조건 소화기가 있어야 한다길래 한쪽 벽에 빨간색 소화기를 놓아두었습니다. 그레이 톤 인테리어에 빨간 소화기를 놓으면 정말 부자연스럽거든요. 그럼에도 소화기를 없앨 수는 없겠죠. 법에 어긋나기도 할뿐더러, 유사시에 위험할 수 있으니까요. 당장 필요하지 않을 수도 있고, 걸리적거리기만 하는 이 소화기가 사실은 꼭 있어야 하는 것입니다.

단원고 스쿨 닥터 역시 마찬가지였어요. 아이들의 심리적인 문제까지 돌볼 여력이 없었던 학교는 정신과 의사가 학교에 상주하는 것을 탐탁지 않게 여겼지만, 그렇다고 내보낼 수도 없는 상황인지라 저는 마치 어쩔 수 없이 놓아둔 소화기처럼 지내게 되었습니다. 씁쓸한 상황이었죠. 한쪽에 방치된 채로 놓여 있을 뿐, 누군가에게 큰 도움을 주기는 어려웠으니까요.

그래서였을까요? 학교에 출근한 지 한 달 가까이 컴퓨터도, 변변한 사무실도 없이 지냈습니다. 당연히 일을 하기 어려웠지요. 몸담을 사무실과 업무를 처리할 컴퓨터를 달라고 계속해서 요청했지만, 좀처럼 해결되지 않았습니다. 그래서 그냥 '학교가 한창 정신 없을 때여서 그런가 보다' 생각하고, 아무 것도 없어도 할 수 있는 일을 하나씩 시작해 보았습니다.

어느 날, 생존 학생들이 학교에서부터 여의도 국회의사당까지 행진을 했습니다. 사실 저는 그런 일이 일어나는지도 모르고 있었습니다. 다른 선생님들이 아이들이 어딜 간다는 말씀을 해주셔서 나가봤더니, 줄을 서서 걸어가고 있는 아이들의 모습이 보였습니다. 황급히 뛰어가서 어디 가느냐고 물어봤더니 국회의사당까지 1박 2일 동안 행진을 하겠다더군요. 세월호 참사를 겪은지 3개월 쯤 뒤인 칠월에, 그 무더위를 뚫고 나가는 거였어요.

　너무 당황스러웠습니다. 이 더운 여름에 무슨 일이 생길지 모르니까요. 저는 아이들의 주치의 입장이었으니 따라 나섰습니다. 당연하게도 아무런 준비가 되지 않은 상태였기에 구두를 신고 있었는데, 다들 제 신발을 보고는 혀를 차면서 "됐어요, 오지 마세요"라고 했습니다. 하지만 아이들끼리만 보낼 순 없어서 근처 마트에 가 운동화를 사 신고 아이들을 따라갔지요.

　다른 생각은 없었어요. 아이들이 더위로 쓰러지거나, 공황 발작을 일으키거나, 과호흡이 오거나 하는 일은 없어야 한다는 생각뿐이었습니다. 의사의 역할은 그런 것이니까요. 그래서 아이들 뒤를 쫓아다니면서 계속 살폈습니다. 아이들이 힘들어하면 물을 주고, 발에 물집이라도 잡히면 밴드를 붙여주면서 같이 행진했어요.

다음 날 학교에 출근하니까 선생님들이 반갑게 인사를 하시며 몸은 괜찮은지 안부를 물으셨습니다. 아이들과 1박 2일을 지내고 나자 제가 단순히 옆에서 구경하는 사람이 아니라 실제로 함께하는 사람이라는 것을 인정받은 것입니다. 단원고와 저의 연대가 시작된 순간이었습니다.

'돕는다'는 행동은 상대방을 도움 받는 대상으로 만드는 경향이 있지요. 물론 우리는 많은 순간 순수한 도움을 필요로 합니다. 하지만 연대는 도움에서 한 걸음 더 나아가 그 사람들의 뜻에 동의하고, 함께 행동하는 것을 의미합니다. 외부자의 입장에서 단순히 그 사람을 지켜보며 돕는 것과는 다르지요. 1박 2일간의 행진을 통해 단원고 소속 사람들에게 저는 외부자가 아닌 '함께하는 사람'이라는 인식이 생겼고, 그렇게 신뢰하고 연대할 수 있게 된 것입니다.

학교와 신뢰가 생기고 나니 얼마 후 학교에서 "아이들을 잘 돌볼 수 있도록 학교 안에 센터를 하나 만들어주셨으면 좋겠습니다"라는 뜻을 전해왔습니다. 그렇게 학교에 들어온 지 한 달이 넘게 지난 후 학교 꼭대기에 '마음 건강 센터'를 만들 수 있었습니다. 벤치가 있고 나무들이 쭉 놓여진 그 장소는 아이들이 가장 좋아하는 장소가 되었습니다. 한 구석에 앉으면 양쪽으로 초록색 풀만 보이고 다른 사람들은 안 보이는 장소. 속상할 때면 거기에 혼자 앉아서 울거나, 친구랑 둘이 꼭 끌어안으며 편안함을 느끼는 공간이 된 거죠. 마음 건강 센터를 만든 뒤로 생존 학생들과 마음이 힘든 친구들을 조금씩 도울 수 있게 되었습니다.

말보다 마음이 먼저 닿고 싶고
당장 돕기보다는 돌아보면 뒤에 서 있는 사람이고 싶고
좋아하기보다는 온전히 수용하고 싶고
함께 즐기기보다는 같이 버텨주고 싶다

그렇게
멀지도 가깝지도 않게
서로의 거리가
모두를 성장시킬 수 있게

묵묵히
기다리는 시간

단원고에는 학교를 지켜주는 수위 분들이 계십니다. 출근할 때면 반갑게 인사를 건네며 안부를 물어주셨지요. 외부인들이 학교에 마음대로 드나들 수 없게 관리하시면서 때때로 소식통 역할도 해주셨습니다. 잔소리가 조금 많으셨지만, 늘 같은 자리를 지키고 계셔서 그마저도 믿음직스럽게 느껴지는 분들이었지요. 누구보다도 학생들이 건강하기를 바라셨고, 누구보다도 학교와 학교 구성원들을 염려하셨습니다.

단원고에서 수위 일을 한다는 것은 그렇게 단순하지 않습니다. 세월호 참사 이후 학교는 혼돈에 빠져 있었고, 예측할 수 없는 일들이 시도때도 없이 일어났기 때문이지요. 그럼에도 수위 분들은 자신의 업무를 회피하지 않고 오랜 시간을 함께해주셨습니다. 종종 생각합니다. 그분들이 그 자리에서 변함없이 묵묵히 학교를 지켜주시는 것이 얼마나 많은 학교 구성원들에게 위로가 되는지요.

　　또 가끔 저는 제가 어느 위치에 서 있는지 생각하곤 합니다. 사실 단원고에서 의사는 중요한 존재가 아니었습니다. 구성원들의 정신 건강을 살피는 일을 했지만, 학교란 늘 교육이 최우선인 곳이니까요. 저는 단지 마음에 도움이 필요한 사람들에게 적절한 도움을 제공하는 역할이었습니다. 굉장히 수동적이고 한가로운 일처럼 보이지만 사실 그렇지는 않았지요. 의사는 항상 판단하고, 누군가에게 도움을 주며, 문제를 해결하는 데 익숙하기 때문에 원하는 만큼의 도움만 주며 지켜보는 것이 쉬운 일은 아니었습니다. 제가 맡은 '스쿨 닥터' 역할의 가장 큰 비중은 기다림에 있었습니다. 늘 기다리고 또 기다려야 했어요.

　6년이 지난 지금도 벚꽃이 피기 시작하면 저는 긴장이 됩니다. 때로는 돌아오는 계절이 참 야속하기도 합니다. 어떻게 저렇게 부지런히 제시간에 오는 걸까. 머릿속에는 여러 사람들의 얼굴이 수많은 생각과 함께 스쳐지나갑니다. 잘 지내는 걸까. 얼마나 힘들까. 적응은 잘 하고 있을까.

　제 역할은 먼저 묻거나 다가가는 것이 아닙니다. 말하지 않아도 얼마나 큰 슬픔이 있는지 알고 있고, 굳이 물을 필요가 없다는 것도 알고 있으니까요. 때로 그때와 관련해서 나누는 대화가 만들어내는, 어쩔 수 없는 작은 행동이 상처를 헤집어놓기도 하기 때문에 절대 먼저 묻지 않으려고 합니다.

　울고 있는 모습, 너무 힘들어하는 모습을 보면 당연히 안아주고 도와주고 싶지요. 함께 시간을 보내며 다독여주고 싶은 마음이 안 들 수가 없습니다. 하지만 먼저 다가가기보다는 힘들 때 원하는 만큼의 도움을 받을 수 있는 사람으로 남는 게 제 역할에서 가장 중요한 부분이기에, 저는 그저 기다립니다.

기다리다 보면 먼저 연락을 하는 분들이 계십니다. 그럴 때 저는 온 마음을 다해 이렇게 이야기합니다. 이렇게 힘들다고 연락해주어서, 혼자 견디지 않고 그 마음을 나누어주어서, 우리가 당신을 잃지 않을 수 있어서, 함께 존재할 수 있어서 고맙다고요. 또 이렇게 우리가 연결되어 있어서 살 만하다고, 아픔도 기쁨도 함께 나눌 수 있어서 참 좋다고, 이 봄이 지나갈 때까지 함께 버텨보자고 말입니다.

올해 봄, 노란 리본 자수가 달린 마스크를 받았습니다. 유가족 중 한 분이 "선생님은 어차피 안 오실 거니까"라면서 미리 건네주신 겁니다. 아까운 마음에 오전 내내 썼다 벗었다를 반복했지요. 추모식이 시작되는 오후에는 시계를 힐끔힐끔 바라보며 이런저런 생각을 했습니다. 그렇게 온종일 추모식에 모인 사람들과 마음으로 함께하는 하루를 보냈지요.

묵묵히 지켜보고, 버티는 것. 한달음에 달려가 안아주고, 손잡아주고, 돕고 싶지만, 때로는 각자에게 주어진 길을 스스로 걷도록 옆에서 바라보는 것이 그 사람을 위한 것일 때도 있지요. 그런 제 자신을 위해, 버티는 그들을 위해 기도하는 시간이 필요합니다.

빨리 알수록
덜 외로운 사실 하나

학교에서 벌어진 재난은 곧 한 마을의 재난이기도 합니다. 학교에 아이들을 보내주시는 가족들이 있고, 아이들을 가르치는 선생님들이 있으며, 아이들을 보호하고 지키기 위한 구성원들이 모두 학교에 모여 있으니까요. 그런 학교에서 벌어진 비극이 마을에 영향을 끼치지 않을 수 없겠지요.

재난 이후, 하나의 학교와 마을을 살리기 위해 활동가들이 유입되고 새로 생겨났습니다. 마을 주민들을 직접 만나고 소통하며 도움을 주는 일들을 해내셨지요. 저는 이 활동가들과 소통하며 어려운 일이 생기면 머리를 맞대고 함께 상의하였습니다. 때로는 신변잡기를 나누며 함께 낄낄대기도 했지요. 같이 점심을 먹거나 동네 마실을 가기도 하였습니다.

　한여름의 일이었습니다. 퇴근 후 수박을 사서 활동가들이 일하는 세월호 민간 지원 기관을 방문하였습니다. 늘 그렇듯 밥 한 상 얻어먹고는 요즘 다들 어떻게 지내는지 근황을 나누기 시작했지요. 그러다가 자연스럽게 고양이 이야기, 아이들 이야기까지 풀 세트로 수다를 떨었고, 다음에 또 방문하겠다는 약속도 잊지 않았습니다. 내려가려고 엘리베이터 앞에 서 있는데 실장님이 저를 다급히 불러세우시고는 밥은 해 먹느냐며, 감자 농사를 지었는데 풍년이라며 감자 한 봉지를 안겨주었습니다.
　얼떨결에 감자를 들고 택시를 잡아탔습니다. 택시 기사님이 감자가 실하다며 농을 던지시길래, 수미감자라고 너스레를 떨며 기사님에게 감자를 선물했습니다. 아저씨는 연신 감사해 하시고는 내릴 때 요금을 받지 않으셨습니다. 내겠다고 해도 극구 사양하셨지요. 소소한 나눔이었을 뿐인데 하늘에 번지는 노을처럼 마음속에 행복감이 물드는 것을 느꼈습니다. 이때의 일은 수박만 보면 생각나는 에피소드가 되었지요.

어느 연말쯤, 의사 모임에서 자기소개를 하던 중이었습니다. 다들 모임에 어떻게 들어오게 되었는지 설명하고 있었기 때문에, 저 역시 같은 주제를 말하고 있었습니다.

"사실은 제가 단원고에서 일을 할 때 이 모임의 회장님께서 일주일에 한 번씩 학교에 찾아와 제 이런저런 이야기를 들어주셨어요. 그래서 저도 회장님과 함께하고 싶어 들어왔습니다."

이야기를 하다가 회장님과 눈이 마주쳤고, 회장님의 눈에도 저의 눈에도 눈물이 고였습니다. 전혀 예상치 못한 상황이었지요. 목이 메어오면서 머릿속에 지난 일들이 스쳐 지나갔습니다.

회장님을 비롯한 안산의 정신과 선생님들은 사회 문제에도 관심이 많아 다양한 사회적 활동을 하는 편이었습니다. 그래서인지 연고도 없는 제가 안산까지 와서 일하는 것을 매우 고맙게 생각하셔서 저를 많이 도와주려고 노력하셨지요.

당시 안산에 계셨던 정신과 여자 선생님 두 분이 일주일에 한 번, 혹은 한 달에 두세 번씩 마음 건강 센터에 와서 저를 보고 갔습니다. 처음에는 썩 잘 아는 선생님들이 아니었기에 오시면 무슨 얘기를 해야 하나 싶어 곤란하기도 했고, 서로 일정이 맞지 않아서 헛걸음한 때도 있었지요. 선생님들은 항상 두 손 가득 맛있는 음식이나 과일을 싸 오셨기 때문에, 만나지 못한 날에는 두 분이 책상에 두고 간 과일들을 바라보곤 했습니다.

선생님들의 정성에 감동한 것인지, 시간이 점점 지나면서 편해진 것인지 저는 선생님들에게 제 속내를 털어놓기 시작했습니다. 선생님들은 제 이야기에 많이 공감하고 또 이해해주셨고요. 혼자서 해결하기 어려운 일이 있을 때면 방법을 같이 찾아주시기도 했습니다. 그때는 일이 너무 많고 당장의 어려움이 물밀듯 밀려왔었기 때문에 선생님들에게 고맙다는 표현도 제대로 하지 못하고 지나갔었습니다. 이제 와 생각해보니 그 선생님들이 곁에서 저를 지지해주고 필요한 도움을 주지 않았다면, 고립되었다는 느낌에 많이 힘들었을 것입니다.

그날 집으로 돌아가면서 수많은 사람들을 떠올렸습니다. 학교에 공간이 부족해서 고민할 때 선뜻 상담실을 내어주신 교회 목사님, 무슨 이야기를 하든지 믿고 응원해주었던 단톡방의 정신과 선생님들, 늘 소통하며 함께 앞날을 모색하였던 지역의 사회 복지사들, 스쿨 닥터를 처음 시작할 때 가운을 맞춰주고 냉장고를 선물해준 학회 선생님들, 아이들의 회복을 위해 함께 노력하고 도와주셨던 학교 선생님들 그리고 부족한 절 믿고 따라주었던 학부모님들, 겉으로 표현하지는 않았지만 마음으로 함께 있어 준 학생들까지. 가장 힘들었던 시간을 지날 때 참으로 많은 사람들이 함께였다는 사실을 이제야 알게 된 것이지요. 감사, 경이로움과 함께 반쯤은 알 수 없는 감정이 뒤섞여 눈물이 흘렀습니다. 집으로 돌아오는 긴긴 시간 동안.

어쩌면 정말 혼자라고 생각하는 순간마저도 우리는 함께 살아가고 있을지도 모르겠습니다. 만일 이것이 진실이라면, 우리가 이를 더 빨리 발견했으면 합니다. 그럼 덜 외롭고, 더 견딜 만할 테니까요.

연대,
그 놀라운 힘

해마다 사월이 돌아오면 듣는 질문이 있습니다.

"어떻게 하면 재난 피해자들을 도울 수 있을까요?"

코로나가 유행한 후 코로나로 힘들어하는 사람들을 어떻게 도울 수 있는지 물어오는 사람들이 많습니다. 이렇게 보면 우리는 참 따뜻한 마음을 가지고 있습니다. 서로의 안위와 행복한 삶에 관심이 많으니까요.

이런 질문을 들으니 떠오르는 사진이 있습니다. 2019
년 이슬람교 사원에 백인 남성이 총을 난사한 뉴질랜드 총
기 테러 후, 뉴질랜드의 많은 여성들이 히잡을 쓰고 SNS에
사진을 올렸습니다. 마음에 큰 상처를 입은 이슬람교도들과
슬픔을 함께하겠다는 강력한 메시지를 담은 행동이었습니
다. 이것은 단순한 도움이나 응원의 말과는 달랐습니다. 자
칫하면 인종 차별 문제로 번지거나, 특정 집단의 이야기로
축소되어 사회적 분열을 일으킬 수 있는 상황에서 이 문제
는 우리 모두의 슬픔이며 모두가 이 문제에 대해 함께하고
있음을 침묵으로 보여주는 강력한 표현이었습니다.

　　우리 사회에서도 행동으로 보여주는 표현을 쉽게 발견
할 수 있지요. 길을 가다가 종종 노란 리본 스티커를 붙인
차량이나 가방에 노란 리본을 달고 다니는 사람들을 보게
되면 한 재난 피해자에게 들은 이야기가 떠오릅니다. 가방
에 노란 리본을 단 사람을 보면 함께하는 사람들이 있다는
생각에 마음이 든든하고 힘이 난다고요. 또 '#덕분에챌린
지'처럼 코로나를 이겨내자는 해시태그가 달린 사진과 글

을 인터넷에서 발견하면 어려운 시기를 다 함께 이겨내고 있는 것 같아 마음이 따뜻해집니다.

저는 가끔 저의 아이들을 보면서 웃곤 합니다. 이 녀석들은 가지고 싶은 장난감이 생기면 두 형제가 합심하여 돈을 모은 뒤 저를 찾아옵니다. 한 녀석은 그 장난감이 왜 필요하며 인터넷에서 얼마에 팔고 있는지 설명하고, 다른 한 녀석은 돈이 얼마가 부족하니 얼마 동안 용돈을 받지 않겠다며 설득합니다. 때로는 설득력을 높이기 위해 역할을 분담하여 일사불란하게 장난감을 정리하기도 합니다. 그렇게까지 하면 당해낼 재간이 없습니다. 수중에 있는 돈이 너무 많이 부족할 때는 지난 명절에 친척들에게 받은 돈이 얼마였다며 두 녀석이 한꺼번에 계산을 해대기 시작합니다. 그야말로 청문회를 당하는 꼴이라 이럴 때 저는 빨리 백기를 들지요.

하물며 아이들도 힘을 합쳐 어려움을 헤쳐나가는 법을 잘 알고 있는 것입니다. 또 이렇게 협동과 연대를 배우면서 자란 사람들이 사회의 다양한 관계 속에서 배운 것을 적용하고 확장해나가는 것이지요.

정신과 치료에서도 환자를 '돕는다'는 말보다는 환자와 함께 '작업을 해나간다'는 표현을 주로 사용합니다. 치료자가 일방적으로 환자를 돕는 것이 아니라 환자의 낫고 싶어 하는 마음을 이해하고, 환자와 동맹Ally을 맺어 함께 치료 작업을 해나가는 것이지요. 환자의 마음속에 잠들어 있는 치료에 대한 소망을 찾아내고, 그 소망을 자극시켜 환자의 의지로 바꿀 수 있도록 하는 것입니다. 치료자와 환자가 '협력 치료'를 하는 셈이지요. 그러다 보니 치료자와 환자의 관계가 돈독할수록, 동맹이 강하면 강할수록 더 좋은 결과가 나오는 것은 당연한 일입니다.

모든 정신적인 문제에 대한 답은 이미 나와 있는지도 모르겠습니다. 도움을 넘어선 연대가 바로 그 해답일 것입니다. 우리는 이미 모두 연대의 씨앗을 품고 있습니다. 그 씨앗을 활짝 꽃피우는 것이 우리의 삶을 따뜻하게 만들지요.

겨울이 지나면 또 봄이 올 것입니다. 사람들은 어떻게 재난 피해자들을 도울 수 있는지 질문하겠지요. 이번에는 좀 다른 대답을 해보려고 합니다. 봄이 되어 꽃이 피는 것이 아니라, 꽃이 피어서 봄이 오는 거라고. 당신의 마음에 연대의 씨앗이 활짝 꽃을 피우면 재난 피해자들의 마음에도, 코로나로 지친 우리 마음에도 봄이 올 거라고요.

지난 2년 간의 시간을 관통하는 강렬한 질문이 있다
삶은 비루한가 위대한가
인간은 선한가 악한가
존재는 절대적인가 모래알에 지나지 않는가
실망하고 울고 웃고 기대하고 고민하고……
방향을 찾는 나침반 바늘처럼 요동치다가
서서히
한 곳을 가리킨다

그곳엔
묵묵히 삶을 살아내는 사람들이 있다
그 모습은 왠지
울컥하는 감동을 준다
삶이 비루하든
존재가 무의미하든 간에

같이 또 따로

3년 전부터 아이들과 같이 스키를 타기 시작했습니다. 그 당시 아직 어렸던 아이들은 스키 타기가 힘들어서 울기도 했었는데, 3년 차가 되자 엄마보다 더 잘 타기 시작했습니다. 아무래도 아이들이 운동 신경이 더 좋아서 그런가 봅니다. 게다가 스키 수업을 듣기 시작하면서부터는 잘못된 스키 자세에 대고 잔소리를 하기도 하였습니다. 그런 것들이 싫지 않아 저는 관광 스키여도 패럴렐*로 멋지게 내려오

※　　비교적 전체적으로 평행하게 턴을 하는 것.

는 아들들만 보면 신이 났지요.

뭐니 뭐니 해도 가장 행복한 시간은 제설 후 가장 먼저 슬로프에 올라가 아이들과 셋이서 "야호!" 소리치며 만세 자세로 내려오는 순간입니다. 스키 강사는 아이들 폼을 망친다며 저를 나무라지만, 모든 것이 교과서처럼 딱 맞을 수는 없는 거죠. 교과서에 맞게 연습하는 시간이 있다면 그것을 벗어나 마음껏 자유를 누리는 행복한 순간도 필요하니까요.

일 역시 그렇습니다. 가끔 어떤 일에 혼신을 다할 때 사람은 개인이 아니라 세상의 부품으로서 존재하기도 합니다. 일을 가장 우선순위에 놓고 일과 자신이 혼연일체가 되어 분리할 수 없을 때가 있는 것이지요. 어떤 일을 함께할 때도 그렇습니다. 집단에 소속된 개인이 일을 자신의 삶 최우선에 놓는다면, 자연스레 생기는 격차 때문에 집단 내의 긴장이 올라가기도 합니다. 그 사람의 체력과 정신이 소진되기 쉬운 것은 물론이고요.

저는 늘 머릿속으로 에너지를 일에 얼마만큼 쓰고 있는지 체크합니다. 물론 그때그때 다르지요. 어떨 때는 80퍼센트 가까이 쓰기도 하고, 어떨 때는 40퍼센트만 쓰기도 합니다. 나머지는 삶의 다른 부분들인 가족, 친구, 공부 등에 투자하지요.

재난 피해자들과 함께하면서 저는 더더욱 강박적으로 저 개인의 영역과 소비 에너지의 한도를 지키려고 노력했습니다. 가족과 더 많이 접촉하고 함께 보내는 시간을 온전히 누리려고 노력했으며, 정신 분석 공부를 시작하기도 하였습니다. 많이 힘들었던 어느 날은 집에 가서 아이의 손과 볼을 만지며 꼭 끌어안고 기도하기도 했습니다.

재난 현장에서 희망을 발견하는 날이면 얻어온 힘으로 가족들에게 더 노력할 수 있었습니다. 어쩔 수 없는 한계에 부딪힐 때면 치료자의 자세를 마음에 새기는 것이 도움이 되었고, 그러다 기적 같은 순간들을 맞닥뜨릴 때면 풍부한 경험을 가진 치료자로서 성장했습니다.

만일 삶의 다양한 영역에 쏟는 에너지의 균형을 지키

지 않고 일에만 매달렸다면, 작은 한계에 크게 흔들리고 작은 희망에 크게 기대하며 중심을 잡지 못했을 것입니다. 사소한 일들에 일희일비하며 지치고 소진되어갔을지도, 결국에는 제게 지워진 무거운 짐을 놓아버렸을지도 모르겠습니다. 균형을 잡는다는 건 어렵지만, 할 수 있는 일입니다. 하고 있는 일, 특정 집단에 매몰되지 않고 또 다른 나의 모습을 발견하는 사람이 행복합니다.

누군가와 '함께한다'는 것은 함께하는 일에 몰두하는 순간으로 한정되는 표현입니다. 똑같은 삶을 산다는 의미가 아니지요. 각자의 영역에서 자신의 고유한 삶을 누리면서 종종 함께 일하며 서로의 생각과 에너지를 나누어 갖는 것, 그것이 우리의 일들을 더욱 풍부하게 만듭니다. 함께하는 사람들 개인의 영역이 더 잘 보장될 때 더 잘 일할 수 있음을 기억하세요.

청춘을 불태웠던 커피숍

늘 어제 만난 듯한 옛 친구

손때마저 멋스러운 호텔

여섯 번째 읽어도 설레는 소설

내 삶도

내 일도

나란 사람도

그렇게 잘 낡을 수 있을까

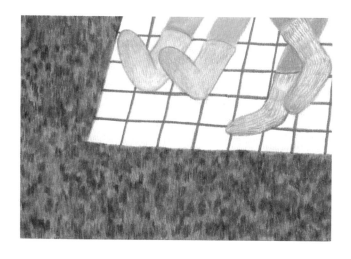

The man next door

코로나가 한창 유행하기 시작한 삼월, 자기 전에 단톡
방들을 살펴보다가 무언가를 발견하였습니다. 대부분의 대
화가 비슷한 말로 끝나고 있었던 것입니다.

"감사합니다."
"늘 감사드립니다."
"정말 감사해요."

그 대화들을 가만히 보고 있자니 가슴속에서 무언가가 울컥했습니다. 코로나 이후 사람들 간의 거리가 멀어지고, 심리 방역이 중요해지면서 몇 주간 밤낮없이 지내고 있던 때였습니다. 낮에는 진료를 보고 밤에는 심리 방역 일에 몰두하자니 쉽지 않았지요. 그나마 함께하는 사람들이 있었기에 '여기까지만 하자, 하나만 더 하자.' 하면서 한 걸음 한 걸음 옮길 수 있었습니다. 참 많은 분들이 쉴 새 없이 상의하면서, 서로 밀어주고 당겨주면서 갑자기 닥쳐온 감염병 재난으로 마음 아픈 사람들이 잘 회복되기를 바랐습니다. 아니, 이왕이면 누구도 마음 아프지 않기를 바랐지요. 그 모든 과정을 함께 겪으며 우리는 서로에게 감사한 마음뿐이었습니다.

작년 재난 전문가들의 송년회 자리에서 회장직을 내려놓으시는 교수님께서 한 가지 이야기를 들려주셨습니다. 이미 들어보신 분들도 있겠지만, '스톡데일 패러독스 Stockdale paradox'라는 말이 탄생한 일화였습니다. 베트남 전쟁 당시 포로로 잡혀 있다가 살아남은 미군 장교 제임스 스톡데일의 이름에서 유래된 스톡데일 패러독스는 냉혹한 현실을 냉철하게 받아들이면서 절대로 포기해서는 안 되며 마침내 승리하고 말 것이라는 신념을 갖고 이겨내는 합리적 낙관주의 이론으로 알려져 있습니다.

당시 다수의 미국 군인들이 베트남군에게 붙잡혀 '하노이 힐튼'이라 불리는 수용소(약 90*275센티미터 독방)에 갇혔었지요. 그런데 그들 중 상황을 긍정적으로 받아들이며 수용소에서 탈출할 수 있을 거라 생각했던 사람들은 오히려 먼저 수용소에서 사망하였고, 상황을 객관적으로 보고 어떻게 할지 고민하고 준비했던 사람들이 더 많이 살아남은 것입니다. 긍정 심리학의 한계와 희망의 역설을 보여주는 사례이기도 하지요.

하지만 더 중요한 이야기가 남아 있습니다. 살아남은 군인들은 어떻게 상황을 객관적으로 인식하고 수용소에서 벗어날 궁리를 했을까요? 어떻게 그 지옥 같은 곳에서 버텨낼 수 있었을까요?

생존자 중 한 명인 스톡데일은 8년 가까운 시간 동안 고문을 받았다고 합니다. 온몸의 뼈가 다 부서질 정도로 심한 고문을 수차례 당한 탓에 수용소에서 나올 때에는 심한 저체중 상태였다고 합니다. 사람으로서 견디기 어려운 수용소 생활을 견뎌낸 스톡데일에게 사람들은 물었습니다.

"당신들은 수용소에서 어떻게 살아남을 수 있었습니까? 무엇이 당신을 살아남을 수 있게 만들었습니까?"

질문을 받을 때마다 스톡데일은 항상 같은 대답을 했다고 합니다.

"The man next door(옆에 있는 사람 덕분이었습니다)."

스톡데일은 갇혀 있는 포로들끼리 의사소통을 할 수 있도록 '탭 코드'라는 것을 만들었습니다. 모스 부호와 같은 신호는 이미 베트남 군인들도 알고 있는 상황이었기 때문에, 포로들만 알고 소통할 수 있는 새로운 신호를 만들어 낸 거지요. 수용소의 포로들은 모두 독방에 갇혀 있었기 때문에 서로 직접적인 소통을 할 수 없었는데, 스톡데일이 탭 코드를 만든 후에는 이를 이용해 옆 사람에게 자신의 상태와 어려움 등을 표출할 수 있었다고 합니다.

　스톡데일 또한 탭 코드를 사용해 고문을 받고 난 후의 상황 등을 다른 포로들에게 상세하게 공유할 수 있었습니다. 이는 불안감을 덜어내는 역할을 톡톡히 해냈겠지요. 함께 이곳에서 살아남을 수 있도록 서로를 격려하는 메시지도 끊임없이 보냈습니다. 이러한 격려와 소통이 지옥 같은 수용소에서의 몇 년을 견딜 수 있는 유일한 버팀목이 되어준 것입니다.

　스톡데일은 다음과 같이 이야기했습니다.

　"그곳에 가본 사람이라면 벽 너머에 있는 이웃이 지구상에서 가장 소중한 존재라는 것을 알고 있다."

　이 이야기는 함께의 힘을 여실히 보여줍니다. 그저 붙어 있다고 함께한다고 할 수는 없습니다. 소통이 전제된 관계가 진정으로 함께하는 관계인 것입니다.

　교수님은 웃으면서 자랑스럽게 말씀하셨죠. 우리 모두

가 서로에게 옆집 사람이 되어 여기까지 왔다고요. 어렵고 막막했던 세월호 참사, 메르스, 지진 등을 잘 견뎌왔으니 앞으로도 그렇게 견디며 나아가자고요.

오늘도 곁에 있는 가족들, 병원 사람들, 같은 건물 사장님, 환자들을 바라보면서 '이 사람들이 내 옆집 사람들이구나.' 하며 미소 지어봅니다. 동시대 어려움을 함께 겪고 살아내는 이웃들이 곁에 있다는 것은 얼마나 따뜻하고 고마운 일인가요.

요즘 코로나 블루로 고통받는 사람들이 늘어난다는 뉴스를 자주 봅니다. 진료실에서도 실직과 외로움에 힘들어하는 분들을 자주 만나지요. 코로나로 인해 우리는 의도치 않게 단절된 생활을 하고 있습니다. 때로는 다른 사람과 나 사이의 벽이 두꺼워져만 가는 것 같아 이겨낼 수 없다는 느낌이 들 때도 많지요. 우리의 탭 코드는 무얼까요? 누가 우리의 'The man next door'일까요? 부디 많은 사람들이 함께할 사람들을 찾아 이 시기를 잘 버텨나갔으면 좋겠습니다.

운명은 잔인하고 절대적인 것처럼 보인다

하지만 사람은

운명이 폐허로 만든 삶 속에서

묵묵히 존재한다

그리고는

꽃을 피운다

강하기 때문이 아니라

사랑하기 때문에

Bless you

얼마 전 인터뷰를 했을 때 초등학생으로부터 이런 질문을 들었습니다.

"코로나에 걸릴까 너무 겁이 나요. 코로나에 걸리면 많은 사람들이 비난하고, 내 동선을 추적할 테니까요. 그리고 누군가 나 때문에 코로나에 걸리게 된다면 나를 미워하겠죠. 친구들도 저랑 놀지 않을 거예요. 걱정이 돼서 자기 전에도 계속 그 생각만 나요. 어떡하죠?"

그때 제 머릿속에 떠오르는 장면이 하나 있었습니다.

20대 초반에 처음으로 미국에 갔었을 때의 일입니다. 엘리베이터에서 재채기를 하니까 사람들이 옆에서 "Bless you(몸조심하세요)"라고 하는 겁니다. 배려의 마음이 느껴져 고마우면서도, 한편으로는 재채기할 때마다 계속 같은 말을 들으니 어리둥절하기도 했습니다.

초등학생의 걱정 어린 질문에 오랜 기억 속 "Bless you"를 떠올리게 된 것은 미국에서 돌아온 후 그 말의 기원을 찾아보면서 느꼈던 경외감 때문이었습니다. 아마도 "Bless you"라는 말을 쓰기 시작했던 시대에는 전염병을 이겨낼 방법이 많지 않았을 겁니다. 오늘날 림프절 페스트는 적절하게 치료 받을 경우 사망률이 5퍼센트에서 15퍼센트 이하, 폐 페스트도 30퍼센트에서 50퍼센트 사이입니다. 이를 고려해볼 때, 적절한 항생제가 존재하지 않았던 그 시절에는 기침 증상이 곧 죽음을 의미했겠지요. 유럽 인구의 3분의 1 이상이 페스트로 사망했고, 질병의 원인을 알 수 없었기 때문에 유럽 사람들은 공포스럽고 끔찍한 시간들을 보내야 했습니다.

그럼에도 불구하고 그들은 "bless you"라는 따뜻한 말을 유산처럼 남겼습니다. 공포와 고통으로 온 사회가 마비된 순간에도 서로의 안녕과 평화를 빌어주는 말을 놓지 않았던 것입니다. 그 말이 아직도 우리 곁에 문화로 남아 따뜻한 위로를 건네고 있습니다. 단순한 재채기임에도 불구하고 신의 축복까지 빌어주면서 말이지요. 고난을 함께 겪고 이겨내 온 '인류 동지'로서 할 수 있는 최선 아닐까요?

코로나 유행 이후 언제부터인가 확진자 발생 뉴스에 확진자들을 비난하는 댓글들이 달리기 시작했습니다. "왜 이 시국에 돌아다녀?" "조심했어야지." 종종 비난을 넘어선 과격한 댓글들도 있었습니다. 특정 집단이나 지역에 대한 비난과 편 가르기도 관찰되었습니다. 하지만 우리가 기억해야 하는 것은 이것이 전부가 아니라는 것입니다. 중세 시대 페스트를 겪은 유럽에 비이성적인 광풍이 불어 닥쳤지만 "bless you"라는 말이 남았듯이, 우리나라에는 대구로 달려가는 의료진들과 마스크를 기부하며 #덕분에챌린지를 하는 국민들이 있습니다. 세상에 좋은 것만 있을 수는 없으나, 반대로 세상에 나쁜 것만 있지도 않습니다.

코로나로 지치고 두려운 초등학생 아이에게는 서로 비난하고 상처 주는 우리 사회의 모습만 보였을지도 모르겠습니다. 아이들은 어른들의 눈을 통해 사회를 봅니다. 어른들이 하는 이야기를 듣고, 어른들의 행동을 보고 배우며 세상을 이해하지요. 그러니 아이들이 이런 고민을 하고 있다는 것은 어른들의 눈에 비추어지는 세상이 실제로 그러하다는 증거입니다.

지속되는 실직 상태, 학교와 유치원 등교 조정으로 인한 가정의 육아 부담, 끝이 보이지 않는 질병의 터널……. 어쩌면 우리는 해결되지 않는 상황에서 쌓여가는 부정적인 마음을 사회에 마음껏 투사하고 있는지도 모르겠습니다. 그래서 자꾸 부정적인 댓글들을 달고 거친 분노를 표현하게 되는 것일지도요.

다들 코로나 때문에 힘들어하고 있던 2020년 오월, 요즘 뭐하고 지내느냐는 저의 질문에 한 대학생이 했던 말이 기억납니다.

"집에서 사회적 거리 두기 하고 있어요. 애들이 학교에 가지 못해서 속상해하는데, 어른들이 열심히 노력해서 아이들이 빨리 학교 가게 해줘죠. 친구들이랑 마음껏 놀게요."

앞으로의 장래 걱정에 막막했겠지만, 한편으로는 사회의 어려움에 대해 생각하고 해결해나가려는 마음이 있었던 것이지요. 그의 따뜻한 마음을 지켜주고 싶어, 실제 아이들은 학교에 가기 싫어한다고 일러주진 않았습니다. 대신 당신의 따뜻한 마음에 아이들이 기뻐할 거라고 이야기해주었습니다. 그 대학생은 햇살처럼, 축복을 받은 것처럼 환하게 웃었습니다.

저는 그에게 감사의 마음을 표현하고 "Bless you"에 관한 이야기를 들려주었습니다. 그리곤 함께 이야기했지요. 코로나 바이러스 대신 따뜻한 "Bless you"가 널리 퍼졌으면 좋겠다고요.

그 친구는 지금도 마음을 전파시키고 있을 겁니다. 그 마음을 받은 사람들도 누군가에게 따뜻함을 보내고 있겠지요? 이런 생각만으로도 따뜻해지는 오늘입니다.

받아들인다는 것은
아무리 연습해도 쉽사리 되지 않는다

내가 처한 상황, 세상 돌아가는 이치
힘든 것들, 이해할 수 없는 것들
무엇보다도 나의 한계
그럼에도 불구하고 멈출 수 없는 것들

아침인지 밤인지 모르겠다
시작인지 끝인지 모르겠다
백 번쯤 받아들여서 끝 어디쯤인 줄 알았는데
백한 번째가 시작된다

나는 무엇을 생각하며 견뎌냈던가 떠올려 본다
분명 길이 있었던 것 같다

관심을 갖는 것만으로
빛이 날 때가 있습니다

2020년 사월의 일입니다. 초등학교에 다닐 법한 아이가 입을 겨우 가리는 작고 빛바랜 분홍색 천 마스크를 쓰고 병원에 왔습니다. 딱 봐도 유치원 아이에게나 맞을 사이즈였지요. 아이의 엄마는 마스크를 깜박했다며 죄송하다고 연신 사과를 했습니다. 그러고는 병원 데스크에서 마스크를 받아 썼습니다. 겨우 진료를 시작할 수 있었지요.

당시 병원에 오는 많은 사람들은 공적 마스크를 살 수 없었습니다. 낮에는 정신없이 일을 해야 했으니까요. 코로나의 여파로 줄어든 일자리 문제 때문에 공적 마스크를 사기 위해 직장에서 자리를 비우기 어려웠겠죠. 퇴근 후 들른 약국에서는 '마스크는 품절'이라는 말만 돌아왔지요. 마스크 대란이라는 말이 정말 맞았습니다. 심지어 주말도 일하는 경우가 비일비재했습니다. 재난은 평등하게 찾아오지 않았던 것이지요.

당시 정부에서는 천 마스크로도 충분히 코로나를 예방할 수 있다고 이야기하고 있었지만, 최소한 천 마스크를 쓸지 KF94 마스크를 쓸지 선택할 수는 있어야 했습니다.

병원의 상황도 크게 다르지 않았습니다. 병원에서 일하는 사람이 여섯 명인데, 일주일에 열 개의 마스크를 공급받았습니다. 의사와 직원들은 각자 알아서 구한 마스크를 며칠씩 쓰고, 국가에서 나누어 준 것은 간혹 마스크를 안 쓰고 온 사람들에게 주었습니다. 누구도 마스크를 쓰고 오지 못한 그 엄마를 비난할 수 없었어요. 모두가 마스크를 구하기 어려운 상황이었으니까요.

병원 직원은 한숨을 쉬며 인터넷을 뒤져 한 장에 오천

원씩 하는 마스크를 찾아내고는 조심스럽게 물었습니다.

"원장님, 주문하면 2~3주 걸린다는데 어떻게 할까요?"

저는 인터넷 창을 열고 싸게 나온 마스크가 있는지 찾아봤지만, 그나마도 빛의 속도로 팔려버렸습니다. 병원에서는 진료 시 마스크를 써야 한다고 문자를 보내는데, 문자를 받고 마스크를 어디서 구하나 걱정할 환자들을 생각하면 마음이 짠했습니다. 마음 편히 진료받으러 오지 못할까 염려되었습니다.

이제 마스크로 인한 어려움은 지나갔지만 장기화되는 코로나 사태로 경기 침체는 갈수록 심각해지고, 이에 따라 코로나 블루로 인한 자살률이 올라가고 있습니다. 사회 경제적 수준이 정신 질환 및 자살률에 영향을 주는 것은 이미 잘 알려진 사실입니다. 재난은 우리의 가장 아프고 약한 부분을 드러나게 합니다. 특히 취약 계층이 겪는 문제는 외면하기 어려운 우리 모두의 상처이지요. 가난하고 힘없고 어려운 아이들이 하는 이야기들을 저는 들었습니다.

병원비가 없어서 한동안 못 왔어요.

밤에 쥐가 돌아다녀서 잠을 못 자겠어요.

엄마가 일하러 가면 오빠가 때려요.

부모님이 밤늦게 들어와서 무서워요.

아픈 삼촌 심부름하기가 힘들어요.

지원이 끝나서 이제 놀이 치료 선생님 못 만난대요.

부모님이 나를 집에 안 데려간대요.

부모님이 나에게 연락도 안 하고 이사 갔어요.

지원을 받아도 차비가 없어서 병원에 못 가요.

제가 이런 아이들이 있다며 마음 아파하면 어떤 분들은 이렇게 말합니다. 그건 소수의 이야기라고, 사회가 다 같이 노력하고 있지만 근본적으로 모든 가난을 해결할 수는 없다고 말이지요.

그러나 때로는 어려운 목표를 향해 나아가는 방향성을

지키는 것만으로도, 포기하지 않고 관심을 가진 채 목표에 집중하는 것만으로도 빛이 날 때가 있습니다. 어쩔 수 없다는 이유로, 해결하기 어렵다는 이유로 우리가 우리 사회의 아픈 부분을 외면하지 않기를 소망합니다.

보살펴주어서 아름다워지는 이야기

2장

돌봄
care

곁에서 함께 견뎌줄게요

돌봄의 행복

2015년, 〈월스트리트 저널〉에 흥미로운 이야기가 실렸습니다. 아기와 어머니가 서로 응시할 때 나오는 옥시토신이라는 호르몬이 강아지와 사람 사이에도 나온다는 이야기였습니다. 2020년에는 고양이보다 강아지와 눈을 마주칠 때 다섯 배 많은 옥시토신이 나온다고 알려져 사람들의 공감을 사기도 하였습니다.

저는 이 연구 결과에 의아한 마음을 가지고 있습니다. 저희 집에서 키우는 고양이는 '개냥이'라고 부를 정도로 애교가 많고 싹싹하기 때문이지요. 이 고양이가 저희 집에 온 데에는 특별한 사연이 있습니다.

저는 어렸을 때부터 강아지를 키웠었습니다. 그렇기 때문에 반려동물은 저에게 소중한 존재였지만, 결혼을 하자 상황이 바뀌었습니다. 아이들에게 알레르기가 생길까 염려되기도 했고, 위생 문제도 있었어요. 그리고 남편도 반려동물을 좋아하는 편이 아니었지요.

그런데 어느 날, 단원고 학부모 한 분이 저에게 물어왔습니다.

"아이가 너무 힘들어해서 가족 사이에 대화가 사라지고 있는데, 혹시 동물을 키우는 게 도움이 될까요?"

동물 치료Pet therapy가 널리 이용되며 연구되고 있기도 하고, 어릴 때부터 반려동물의 소중함을 몸소 체험했었기 때문에 저는 당연히 도움이 된다고 이야기해주었습니다. 다만 아이가 반려동물을 돌볼 거란 기대는 접는 게 좋다고 했습니다. 아이가 동물을 돌보도록 지도하는 것은 중요한 일이지만, 결국엔 어머니께서 대부분 책임질 거라고 알려드렸지요. 반려동물을 데려온 후에는 밥을 주거나 변을 치우는 문제로 가족 사이에 새로운 갈등이 생기기도 하거든요.

제 조언을 받아들이신 어머니는 고양이를 키우게 됩니다. 얼마 지나지 않아 어머니는 상담 올 때마다 귀여운 '아깽이'의 사진을 보여주면서 얼마나 예쁜지, 가족들이 얼마나 행복해졌는지 이야기해주었습니다. 동물을 키운 후 그 가족의 변화는 정말이지 놀라웠습니다. 물론 힘든 일도 종종 있었겠지만, 어머니는 점점 더 자주 사랑스럽게 활짝 웃는 모습을 보여주었어요. 어머니가 고양이 덕분에 힘을 얻는 것을 보고 저도 모르게 여러 사람에게 고양이를 키우라고 권유할 정도였지요.

시간이 지나 아기 고양이는 성묘가 되고 새끼를 갖게 되었습니다. 어머니는 선생님 덕분에 고양이를 데려와 행복해졌으니, 선생님에게 가장 예쁜 아기 고양이를 선물로 주겠다고 했습니다. 그 말이 인사치레라고 생각했던 저는 어머니의 마음이 너무 고마워 흔쾌히 감사하다고 이야기했습니다. 그 다음 상담에 어머니는 고양이 뱃속의 태아 사진을 가지고 왔고, 더 시간이 흐른 뒤 태어난 아기 고양이들의 사진을 가져왔습니다. 그리고 약속대로 가장 예쁘고 튼튼한 고양이를 보내주었지요.

이 까만 고양이는 우리 가족의 첫 반려동물이 되었습니다. 아이들은 고양이에게 '냥이'라는 이름을 붙여주었습니다. 처음엔 곤란해하던 남편도 이제는 집에 오자마자 냥이를 먼저 찾고, 냥이와 숨바꼭질도 합니다. 여행이라도 가게 되면 아이들은 냥이가 보고 싶어 눈물을 글썽입니다.

한가로운 일요일 오전, 누워서 편하게 쉬고 있으면 냥이는 제 팔에 자신의 몸을 살짝 붙이고는 골골거리며 행복한 진동을 느끼게 해줍니다. 일상에서 가장 평화로운 순간 중 하나입니다. 가끔 후다닥 튀어나와 놀래키기도, 멸치 간식을 주면 대가리만 남겨놓는 까탈을 부리기도 하지만 저를 참 많이 위로해주는 동반자입니다.

이제는 그 어머니를 자주 보지 못하지만, 가끔씩 생각하곤 합니다. 처음으로 낳은 새끼들 중 가장 예쁜 아이를 우리 가족에게 선물해 준 어머니의 소중한 마음 덕분에 우리가 얼마나 큰 기쁨을 갖게 되었는지에 대해서요.

아프거나 힘들 때 나보다 더 고통받는 누군가를 돌보면 오히려 힘이 생겨난다고 합니다. 아프거나 힘든 상태의 나는 무력하게 느껴지지만, 누군가를 돌보고 성장시키는 나는 유능하고 세상에 필요한 존재이기 때문이지요. 그래서 돌봄을 받을 때보다 직접 누군가를 돌볼 때 삶의 가치를 더 크게 느끼고 쉽게 회복되는 건지도 모르겠습니다.

기도는 인간의 유한함을 인정하고
온전히 자신을 내려놓고
일어나고 있는 일들을 그대로 받아들이는 자세다

그리하여
나는 나의 자리에서
그들은 그들의 자리에서
모두 섭리 안에서 평온하게 존재하는 것이다

단이와 원이

진료를 하다 보면 강아지와 고양이를 키우고 싶어 하는 아이들이 종종 있습니다. 하지만 대체로 부모님이 질색하죠. 키우는 데 손도 많이 가고, 키우고 싶어 하는 건 아이지만 실제로 돌보는 사람은 대부분 부모님이기 때문입니다. 그래서인지 부모님들은 앞서 이야기한 어머니처럼 고민스러운 표정으로 저에게 물어보곤 합니다.

"동물을 키우는 것이 아이들에게 도움이 될까요?"

동물을 키우는 것은 정서적으로 우리에게 큰 도움

이 됩니다. 실제로 동물을 이용한 '동물 보조 치료법Animal assisted therapy'이라는 치료가 있으며 자폐, 치매 등 다양한 분야에 활발하게 도입되고 있습니다. 굳이 연구를 거치지 않더라도 동물을 키우면서 느끼게 되는 애정과 연대감은 직접 키워보면 누구나 알 수 있는 부분이지요.

나와 다른 대상을 돌보면서 서로에 대한 유대감(본딩 Bonding)이 만들어지고, 이 유대감을 바탕으로 정서적인 안정을 얻는 효과를 기대하는 것이 동물 보조 치료법의 기본입니다. 특히 트라우마로 인해 관계를 맺는 데 어려움을 느끼고 고립된 경우, 동물 키우기를 통해 관계에 대한 신뢰를 재획득하고 관계의 유능감을 경험하며, 이 긍정적인 경험을 토대로 다시 사회와 소통할 수 있게 되지요.

단원고에서도 학생들의 심리 치유를 위해서 동물을 활용하였습니다. 그 강아지들의 이름은 '단이' '원이'로, 교장 선생님께서 학교에 강아지가 있었으면 좋겠다고 제안하셔서 어찌저찌 골든 리트리버 두 마리를 기부받게 되었습니다.

강아지들이 오던 날, 센터에 올라온 학생들은 귀여운 강아지들을 보고 너무 좋아했어요. 아이들끼리 이름을 뭐로 지을까 고민하고 있는데, 교장 선생님이 단칼에 "우리 학교 이름이 단원고니까 단이, 원이라고 지어야지"라고 말씀하셔서 단이, 원이가 됐습니다. 아이들로서는 맥 빠지는 일이었지요. 그렇게 단이, 원이는 1년 동안 단원고에서 생활하게 됩니다.

　　학교에서 키우는 동물이라니, 겉으로 보기에는 마냥 재미있고 보람찬 일이라 느껴지겠지만 사실 많은 어려움들이 있었습니다. 처음 데리고 오자마자 강아지들이 아프기 시작해서 병원에 가야 했지요. 잔병치레가 지나가고 나자 강아지들을 산책시키고 훈련시키는 일이 남아 있었습니다. 학생들이 동아리를 만들어서 강아지를 산책시키고 돌봐주었는데, 강아지와 보내는 시간이 행복하고 좋기도 했겠지만 숙제가 되기도 했을 겁니다.

　　이처럼 돌봄은 책임과 의무가 따릅니다. 따뜻한 연결고

리와 치유라는 보상도 있지만 보상에 가려진 책임들이 꽤 많습니다. 하지만 그 책임감마저도 나름의 치료 역할을 합니다. 책임을 분담하고 함께 견디는 시간을 통해 돌봄의 진정한 의미를 알게 되면서, 스스로가 어떤 생명을 돌볼 수 있는 사람이라는 자신감을 갖지요.

어떤 존재를 돌보기 위해서 스스로의 감정과 욕구를 조절하고 인내하며 난관을 헤쳐나갈 때 우리는 스스로를 성장시켜나갑니다. 혼자라면 절대 하지 않을 일을 누군가를 돌보게 되면 흔쾌히 하게 되는 것이지요. 어떻게 보면 무언가를 보살피는 일은 동시에 나를 돌보고 조절하는 일일지도 모르겠습니다. 그리고 그 속에서 함께 성장한다는 것은 분명 멋진 일임에 틀림없지요.

그토록 힘든 시간을
버텨낼 수 있게 한 힘

돌봄으로 성장하는 사람들을 처음 만난 것은 4년 전입니다. 어떤 분들이 트라우마를 겪은 아이들을 돕는 일을 하고 싶다며 자문을 구해오셨죠. 한국 어린이 안전 재단이라는 곳에서 나온 분들이었습니다. 아이들의 안전을 위해 카시트를 제공하거나 관련 시설을 점검하고, 안전을 교육하는 등의 일을 하는 단체라고 했습니다.

곧이어 가슴 먹먹한 사연을 듣게 되었습니다. 이 재단은 1999년 씨랜드 참사로 아이를 잃은 부모들이 만든 단체

였던 것입니다. 참사 당시 열아홉 명의 유치원생들이 부모 곁을 떠났습니다. 뇌물을 받고 제대로 되지 않은 건설사에 건설 허가를 내준 것이 도마 위에 올랐고, 유치원 교사들이 아이들을 제대로 돌보지 않았다는 비난도 있었습니다. 참사 소식을 들은 많은 사람들이 처음에는 슬퍼했어요. "예쁘고 귀여운 아이들이 야속하게 떠나버렸으니 부모는 어떻게 살까." 하는 반응들이었죠. 그런데 시간이 지나자 "왜 그렇게 많은 보상금을 요구해? 그 정도면 책임자 처벌된 거 아니야?"라는 목소리가 나오기 시작했습니다. 세월호 참사 때 비슷한 일이 반복되었죠.

하지만 희생된 아이들의 부모들은 물러서지 않았어요. 오히려 힘을 합쳐 재단을 만들었습니다. 내 아이는 안전하지 않은 한국에서 불의의 사고로 떠나갔지만, 다른 아이들을 안전하게 지키며 살기 위해서요. 그리고 실제로 다양한 활동을 통해 아이들을 보호하고 있습니다.

다들 아시다시피, 사회적 재난이 발생하면 도움을 주

기 위해 많은 사람들이 몰려옵니다. 봉사 활동을 하고, 음식을 나눠주고, 기부를 하죠. 온 마음을 모아 피해자들을 돌봅니다. 저는 세월호 참사 이후 생존한 학생들을 6개월마다 추적 관찰하는 연구를 진행하고 있습니다. 언제나 궁금했습니다. 재난 피해자들이 좀 더 잘 회복되게 하는 요인이 무엇인지. 반대로 회복을 더디게 만드는 요인은 어떤 것이 있는지. 그러던 어느 날, 아이들에게 물어보았습니다.

"이렇게 힘든 시간을 버텨낼 수 있도록 도와준 건 뭐니?"

아이들은 가족, 친구 그리고 자신들을 위해 봉사하고 도와준 분들을 꼽았습니다. 그 많은 온정들이 피해자들에게는 가족과 친구 못지 않게 커다란 자원이 된다는 사실을 새삼 느끼게 되었습니다.

재난 피해자들의 돌봄은 재난으로 인한 무력감으로부

터 스스로를 지키는 데에도 도움이 됩니다. 또한 돌봄을 받는 사람들의 마음에 '또 다른 돌봄'이라는 소중한 씨앗을 뿌리지요.

돌봄은 씨앗처럼 퍼져나가 새로운 곳들에서 다시 자라게 됩니다. 세월호 생존 학생들이 모여 만든 '운디드 힐러'라는 단체가 있습니다. 자신들처럼 트라우마를 입은 아이들을 어떻게 하면 도와줄 수 있을까 고민하다 만든 단체입니다. 처음에는 마음 건강 센터의 인턴십을 통해 모였습니다. 취약 계층 아이들이 어떤 심리적인 어려움들을 겪고 있는지 몸소 체험했었지요. 그리고 많은 아이들이 여전히 학대, 학교 폭력, 사고 등 많은 트라우마에 노출되어 있다는 것을 알게 되었습니다.

그래서 안산 지역 아이들이 트라우마를 더 쉽게 이해할 수 있게 인형극을 만들어 지역 아동 센터에 교육을 하러 다니기 시작했습니다. 어린아이들을 교육하는 것이 쉬운 일은 아니었지만, 관심을 가지는 아이들도 있었기에 뿌듯했다고 합니다. 그리고 더 많은 아이들이 트라우마에 대해

알 수 있도록 동화책도 만들었지요

운디드 힐러의 로고는 마음에 씨앗을 품고 있는 나무입니다. 〈나무를 심은 사람〉이라는 단편 소설로부터 유래된 이 로고처럼, 아이들은 자신들이 그러했듯 상처 입고 갈라진 마음에 소중한 씨앗을 심고자 합니다. 이렇게 돌봄은 우리 안에서 서서히 확장됩니다. 봄날에 퍼지는 민들레 씨앗처럼 말이지요.

산소 마스크를
엄마가 먼저 쓰는 이유

비행기에서 안전 수칙 관련 비디오가 나올 때마다 아이들이 했던 질문이 있습니다.

"엄마, 왜 산소 마스크를 엄마가 먼저 써?"

"그건 엄마가 아이들을 돌봐야 하기 때문이야……."

사실 왜 그런지 곰곰이 생각해보지 않으면 이해가 잘 안 될 수도 있지요. 의학적인 내용을 함께 넣어 설명해주면 어려울 법도 한데, 아이들은 눈을 반짝이면서 듣습니다.

진료실에서 이와 비슷한 상황을 자주 봅니다. 학교 폭

력, 교통사고, 성폭력…… 어떤 부모든 자식이 이런 일을 당한다면 마음이 편할 수 없지요. 하지만 부모의 마음이 편하지 않으면 아이들이 더 힘들 수 있습니다. 부모가 분노하거나, 절망에 빠지거나, 불안해하는 모습을 보이면 아이들은 더욱 부정적인 영향을 받게 됩니다. 조절되지 않는 감정에 빠지거나, 부모가 힘들어하는 모습이 싫어 힘든 마음을 숨기거나, 부모에 대한 죄책감을 느끼는 거지요. 반대로 부모가 자신의 감정을 잘 조절하고 아이의 입장에서 공감, 수용하며 어떤 것이 아이를 위한 최선인지를 객관적으로 판단하고 노력하면 흔들리던 아이도 안정됩니다. 가끔은 부모 자식 사이의 신뢰가 충분치 않았던 상황에서 어려움을 계기로 신뢰가 쌓이며 관계 개선이 이루어지기도 합니다.

아이가 트라우마를 경험했다면 먼저 엄마에게 '산소 마스크'를 씌워야 합니다. 치료자의 지지와 조언을 통해 먼저 안정을 얻고 기운을 낸 뒤에야 엄마도 아이를 도울 수 있습니다. 하지만 엄마가 숨을 쉬지 못하면, 그래서 아무런 역할을 해주지 못하면 아무리 아이에게 치료를 쏟아붓는다 하더라도 한계가 있을 수밖에 없지요. 소아 청소년 심리 지원에서 엄마를 치료의 자원이자 때때로 치료의 대상으로 삼는 이유이기도 합니다.

한 아이가 저를 찾아왔습니다. 몇 년 전에 학교 폭력을 당했다고 말해주어서 그 때문에 아이가 우울하고 불안한 것이라고 생각했습니다. 트라우마는 서서히 나타나기도 하니까요. 하지만 부모의 말을 들어보니 학교 폭력을 당하던 당시 아이는 정말 씩씩하게 잘 지냈고, 가해자 아이도 강제 전학을 갔기 때문에 모든 것이 원만하게 해결됐다고 했습니다. 다만 학생의 엄마가 당시에 너무 힘들었었다고 고백했지요. 그 말에서 아이가 힘들어하는 이유를 알 것 같았습니다. 아니나 다를까, 긴 이야기 끝에 아이는 속내를 털어놨습니다.

"엄마는 그 일 때문에 울면서 힘들어하고, 아빠는 갑자기 전부 다 마음대로 하라고 하셨어요. 화가 나서 나를 놓아버린 것 같았어요. 그 후로 부모님이 자주 싸우게 되었는데, 그게 다 나 때문인 것 같아 그냥 다 괜찮다고 했어요. 내가 제일 힘든데, 아무도 내가 힘든 건 신경 쓰지 않는 것 같았어요. 그 뒤로는 아무도 믿을 수 없어서 사람들을 놓아버렸어요. 공부도요."

한편 큰 교통사고와 같이 아이들의 생명을 위협받는 사고를 겪은 부모들은 아이들이 죽을 뻔했다는 사실에 너무 놀랐기 때문에 계속 살아 있는지 확인하는 행동을 보입니다. 자다가 일어나서 아이를 만져보거나, 아이의 안전을 확보하기 위해 연락에 과도하게 집착하고, 아이를 감시하게 됩니다. 아이 입장에서는 감옥에 갇힌 것 같은 기분이 드는 것이지요. 이런 경우 부모의 불안으로 인한 구속 때문에 발달 과정에서 자연스럽게 생겨야 하는 분리 독립 관계가 느리게 만들어지고, 독립심과 의존성이라는 양가적인 감정이 충돌하면서 부모와 갈등이 생깁니다. 이때도 부모의 불안이 먼저 다루어져야 합니다.

심리적 외상에 노출된 청소년들은 정서적, 사회적 어

려움에도 불구하고 '발달 과제Developmental task'를 완수해야 합니다. 사회성, 인지, 정서, 신체 등의 발달이 지속되어야 하고, 진로를 탐색하며 자아상을 확립하여 독립된 개체로서 세상에 나갈 준비를 해야 합니다. 때문에 트라우마에만 집중한 평면적인 심리 지원이 아니라 발달 과제를 완수할 수 있도록 다각도에서 접근하는 입체적인 전략이 필요합니다. 이 과정에서 부모는 아이의 발달이 잘 진행될 수 있도록 모니터링하면서 나름의 조언을 해주어야 합니다.

하지만 부모가 아이의 심리적인 충격을 잘 해결하지 못한 채 무엇이든 요구하는 대로 들어주거나, 지나치게 감시하고 제한하는 일들이 종종 벌어집니다. 어른들이 자신의 감정(트라우마에 대한 분노, 어른으로서 아이를 지켜주지 못했다는 죄책감, 아이에 대한 연민 등)에 몰두해 아이들의 발달 과정에 대한 고려 없이 물질적, 감정적 공세를 펼칠 때 아이들은 오히려 퇴행하게 됩니다. 지나친 걱정과 감시가 끝내 아이를 망치는 결과를 불러오는 것이지요.

아이들에게 필요한 것은 따뜻한 공감과 끊임없는 지

지, 그러면서도 한결같은 훈육입니다. 물질적 공세, 무조건적 허용이나 감시가 아닙니다. 트라우마로 요동치는 아이에게 끊임없는 지지, 공감, 일관된 훈육을 제공하려면 부모가 안정되고 건강해야 합니다. 아이의 정서 형성에 가장 큰 영향을 미치는 부모가 균형을 잡을 수 있도록 먼저 전문가에게 '지지'라는 산소 마스크를 받는 이유입니다. 저는 그 산소 마스크를 건네주는 역할이고요.

돌보는 사람들을 위한
돌봄

　기사에서 그런 이야기를 본 적이 있습니다. 세월호 참사 이후 봉사에 참여했던 분들이 집에 돌아가 자신의 아이를 보며 희생된 아이들이 떠올라 슬픔이 밀려왔다고요. 때로는 자신의 아이가 사고를 당하지 않을까 불안하다고도 하였습니다.

　이처럼 재난 현장에서 일하다 보면 트라우마로부터 다양한 영향을 받게 됩니다. 그것을 소진 혹은 2차 외상이라고 부릅니다. 남들은 무섭지 않다고 생각하는 상황에서 두려움과 공포를 느끼거나, 자신과 자신의 주변 사람들에게 나쁜 일이 생길까 봐 지나치게 걱정하기도 하지요. 또 가슴 두근거림, 호흡 곤란, 긴장성 두통과 같은 신체적 징후와 함께 탈진감, 우울, 좌절감, 압도당하는 느낌, 내가 할 수 있는 일이 아무것도 없는 것 같은 무력감을 호소하기도 합니다. 이는 봉사자뿐만 아니라 사회 복지사나 재난 현장 종사자와 같은 전문가들에게도 종종 나타나는 현상입니다.

"고통과 상실을 매일 접하면서 그로 인한 영향을 받지 않을 것이라는 기대는 물을 건너면서 젖지 않을 것이라는 기대처럼 비현실적이다" 라는 말이 있습니다. 재난이나 트라우마를 겪은 경우 간접적인 경험을 했다 하더라도 아무렇지 않기란 어려운 일입니다. 문제는 그런 상황에 처하면 다른 사람을 돕기가 더 어려워진다는 것입니다. 특히 돌봄을 제공하는 사람들이 불안하거나 정서적으로 어려움을 겪으면, 그 감정이 돌봄 받는 사람에게 고스란히 전달되면서

※　Rachel Remen, 1996

안 좋은 영향을 미치기도 합니다. 도움은커녕 나도 모르게 상대방에게 부정적인 영향만 주는 것이지요.

누군가를 돕는 사람은 돕는 사람으로서의 자신과 일상을 살아가는 개인으로서의 자신을 잘 구분할 수 있어야 합니다. 앞에서도 이야기했듯 균형을 수호해야 하는 것이지요.

'이런 상황에서 쉬는 것은 이기적인 거야.'

'다른 사람들은 주야로 바쁘게 일하니까 나도 그렇게 해야 해.'

'이 일은 나만 할 수 있어.'

이런 생각들은 돌봄을 제공하는 사람들이 흔히 빠지는 생각이지만, 더 빠른 소진을 일으키는 요인이 되기도 합니다. 이런 생각을 하는 대신 스스로 얼마나 삶의 균형을 잘 지키고 있는지 살펴보고, 함께 일하는 사람들과 대화하며 자신이 가진 어려움을 나누어야 합니다. 또 재난을 해결하기 위해 자신의 힘을 보태는 것과 개인의 일을 모두 내 삶에 통합시키고, 이 모든 일에 나름의 의미를 부여하여 자신이 나아가고자 하는 방향을 잃지 않는 것이 중요합니다.

점점 나아지고 있기는 하지만 재난이나 트라우마의 간접 피해자가 될 수 있는 재난 현장 종사자, 아동 학대 기관 종사자, 소방관, 경찰관 등 다른 사람들을 돕는 사람들에 대한 지원과 이해는 아직도 부족한 실정입니다. 돌봄에 종사하는 사람들 또한 돌봄이 필요하다는 생각을 하고, 이와 관련된 지원을 확대해 다른 사람을 돕고자 하는 따뜻한 마음을 가진 사람들이 건강하게 일할 수 있는 사회가 되었으면 좋겠습니다.

쿵푸팬더

병원에서 진료하다 보면 환자들에게 애니메이션 〈쿵푸팬더〉를 예로 많이 들게 됩니다. 〈쿵푸팬더〉의 주인공 팬더(이름은 '포'입니다)는 두루미가 키웠습니다. 두루미는 작고 바쁘게 움직이며 적게 먹지만, 팬더는 덩치가 크고 느리게 움직이며 많이 먹지요. 두루미는 포를 많이 사랑하지만, 종종 그의 모습을 이해하지 못하고 비난하기도 합니다. 국숫집을 운영하는 두루미는 포가 국숫집을 이어받기를 원하지만, 포는 중국 무술 쿵푸에 빠져있어 골머리를 앓습니다. 게

다가 아빠는 두루미인데 자신은 왜 팬더냐고 포가 물을 때마다 무척 곤란해합니다.

그러던 어느 날, 포에게 놀라운 일이 생깁니다. 포의 친아빠가 나타난 거죠. 포는 친아빠를 따라 팬더 마을로 가게됩니다. 팬더 마을에서는 만두를 젓가락으로 먹는 대신 서너 개씩 손으로 집어 먹고, 언덕을 계단으로 내려가는 대신굴러서 내려갑니다. 이것을 본 포는 이렇게 외칩니다.

"이것 봐! 다른 방법이 있을 줄 알았어!"

두루미의 가르침 아래에서 자랐지만, 늘 본연의 모습대로 살고 싶은 욕구가 마음 한편에 있었던 거죠. 두루미의가르침대로 사는 것과 타고난 본인의 욕구대로 움직이는것 사이에서 포는 늘 갈등을 겪었고, 그로 인해 종종 열패감에 빠지기도 했습니다. 하지만 팬더 마을에 온 포는 자신이원하는 것을 좇는 행동이 잘못되지 않았다는 걸 알게 되었죠. 자신이 원하는 대로, 자신의 모습 그대로 살아도 된다는 사실을 깨달은 겁니다.

상담하러 온 부모들에게 종종 이렇게 이야기해주곤 합니다. 부모의 기질이 두루미와 같고 아이의 기질이 팬더와 같다면, 부모님이 아이에게 잔소리하는 것은 너무나도 당연한 일이라고요. 두루미의 입장에서 볼 때 팬더의 행동은 이상하기 짝이 없으니까요. 그러나 팬더처럼 살고 싶은 아이의 마음도 잘못된 것은 아니지요. 타고난 기질이 그러하니까요.

생각해보면 아이의 기질은 부모와 전혀 다르더라도 전적으로 부모에게서 물려받은 것입니다. 아이를 가르치고 돌보는 것은 이 사실에 대한 이해로부터 시작되어야 합니다. 부모는 자식을 돌보는 대상이라고 규정하고, 자신이 돌봄을 '제공한다'고 여기기 때문에 강압적이고 일방적으로 훈육하기가 쉽습니다. 실제로 진료실에 오는 청소년들 대부분의 불만은 부모의 일방적인 소통 방식에서 나옵니다. 그러나 부모님의 이야기를 들어보면 영 딴판이지요. 부모님은 아이의 건강과 학업 향상을 위해서 많은 것을 희생하고, 최선을 다해 노력한다고 합니다. 도대체 어떻게 된 일일까요? 부모와 자식의 간극은 어디에서 오는 걸까요?

한 부부를 예로 들겠습니다. 남편을 많이 사랑하는 아내가 있었습니다. 이 아내는 남편을 너무 사랑했기 때문에 아침에 일찍 일어나서 국을 끓이고 반찬도 해서 아침 식사 준비를 했지요. 낮에는 집 청소를 열심히 하고, 남편의 옷을 다리고, 푸짐한 저녁 식사를 차린 뒤 남편이 들어오기를 손꼽아 기다렸고요.

하지만 남편이 부인에게 원하는 것은 전혀 다른 것이었습니다. 남편은 어렸을 때부터 독립적으로 지냈기 때문에 각자의 생활을 존중하길 원했지요. 가끔은 외식하거나 같이 영화를 보러가는 등 외출을 하고 싶어 했습니다. 부인의 입장에서는 기껏 열심히 집안일을 해놓았는데 남편이 그런 태도를 보이니 서운하고 힘겨웠겠지요. 열심히 집안을 가꾸고 식사를 차려놔도 관심이 없고 자신의 노력을 몰라주니까요. 이 부부는 서로를 위해 열심히 노력한다고 생각했지만, 사실 서로에 대해 불만만 쌓여갔던 것입니다.

어쩌면 도움을 준다는 것은 상대방이 원하는 바를 먼저 살펴보는 것에서 시작하는지도 모르겠습니다. 아이는 독립적인 생활을 원하는데 엄마는 아이의 일에 사사건건 개입하며 도와주려고 합니다. 남편은 부인과 편안한 시간을 보내고 싶어 하지만 부인은 남편을 위해 헌신합니다. 아무리 상대방에게 열심히 노력을 쏟아부어도 상대방이 원하지 않는 방향이라면 좋은 돌봄이라고 하기는 어렵습니다. 오히려 서로의 마음에 원망이 쌓이는 결과만 낳을 뿐이죠.

이처럼 상대방에 대한 이해와 존중을 바탕으로 하지 않은 돌봄은 때로는 들인 노력과 사랑과 상관없이 초라하고 부정적인 결과를 낳기도 합니다. 상대를 돌보기 전에 상대방의 욕구를 이해하고 존중하는 일이 선행되어야 하는 이유입니다.

〈쿵푸팬더〉 후반부에서 팬더 포가 발견한 궁극의 비기가 담긴 두루마리에는 아무것도 적혀 있지 않았습니다. 텅 빈 두루마리에 오로지 포의 얼굴만 말끔하게 비칠 뿐이었지요. 포가 전설에 나오는 '용의 전사'가 될 수 있었던 건 자기 고유의 정체성을 추구했기 때문입니다. 돌봄 역시 상대방의 기질 파악에서부터 출발해, 그 사람의 욕구를 온전히 존중하는 방향으로 이루어져야 함을 명심하세요.

경계를
지켜주세요

환자에게 늘 거리를 두려고 노력하지만, 어느 순간 환자의 이야기에 같이 울고 웃을 때가 있습니다. 엄마가 떠난 아이들, 버림받은 아이들, 학대당하는 아이들, 가난한 아이들, 트라우마에서 벗어나지 못하는 아이들을 만날 때 저는 속으로 온갖 치료를 시작합니다. '어떤 약을 쓸까?' '아빠를 오라고 해?' '학교에 전화할까?'

그러나 제가 아이에게 열심히 공감하고 노력을 기울인다고 하더라도, 아이 삶의 주인은 아이 자신이지요. 아이에게 저는 그저 오지랖 넓은 동네 의사 아줌마일 뿐입니다. 아주 운이 좋다면 조금 도움이 될 수 있겠지만, 그마저도 아이가 원할 때여야 가능한 일입니다.

줄달음치는 생각을 문득 자각할 때면 일단 숨을 크게 쉬고, 몸을 의자에 기댄 채 생각을 잠시 멈춥니다. 아이들의 눈을 바라보는 것에 집중합니다. 그리고 묻지요.

"너는 어떤 도움을 받고 싶니?"

가까운 사람이 당신의 도움을 거절하면 어떤 기분이 드나요? 서운하다고 느껴질지도 모르겠습니다. 하지만 우리는 모두 다른 사람입니다. 냉정하게 느껴질 수도 있겠지만 우리에게는 각자의 삶이 있고, 제각기 주어진 삶을 버티며 살아가기 때문에 우리가 서로에게 해줄 수 있는 것은 그저 응원하고 지켜보는 것입니다. 대신 살아줄 수 없는 게 인생이니까요.

종종 우리는 그런 사람을 마주칩니다. 상대방 요구에

는 전혀 반응이 없다가 자신이 원하는 것을 자기 방식대로 베푸는 사람들. 그렇게 행동하는 거야 자기 마음이지만, 일이 틀어질 때면 그들은 "내가 너에게 얼마나 많은 걸 해줬는데 나한테 이럴 수 있어?"라고 외칩니다. 그런 말을 들으면 미안함과 묘한 죄책감이 느껴지면서도 한편으로는 어이가 없고 화가 나기도 하지요.

사람과 사람 사이에는 경계가 있어서, 온전히 나 자신이 결정하고 책임져야 하는 부분들이 있습니다. 하지만 어떤 사람들은 타인의 인생을 마음대로 결정하고, 그들의 삶에 너무 깊이 관여하려 합니다. 마치 자신의 것처럼 말이지요. 이 경계는 사실 존중과 연결됩니다. 개인의 삶이란 자신만이 결정할 수 있으며 결과도 온전히 스스로 감당해야 한다는 것을 이해하고 나면, 상대방의 삶과 내 삶 사이에 경계를 그릴 수 있거든요. 반대로 상대방이 삶을 스스로 감당할 수 없다고 생각해, 경계를 넘어서 그의 삶을 좌지우지하려든다면 필연적으로 갈등이 생기지요. 부모 자식 관계에서 특히 자주 벌어지는 일입니다. 그래서 어머니들과 상담을 할 때면 이야기하곤 합니다.

　모든 아이는 스스로 삶을 짊어지고 갈 수 있도록 고유의 능력과 방식을 가지고 태어납니다. 그 방식은 부모가 선택할 수 없고, 아무리 기대하고 노력한다고 해도 바뀌지 않습니다. 그저 아이가 가지고 태어난 기질대로 삶을 살아가도록 응원하고, 아이가 원하는 것을 요청할 때 도와줄 밖에요. 운이 좋으면(혹은 나쁘면) 아이가 많은 도움을 요청해올 수 있습니다. 반대로 아무리 도움을 주고 싶어도 아이에게 닿지 못할 때도 있지요. 하지만 그것이 그 아이가 살아갈 삶이라는 것을 받아들이고 아이와의 경계를 지키는 것이 아이가 잘 살 수 있도록 돕는 진정한 방법입니다. 경계가 무너지면 아이는 자신이 존중받지 못한다 느끼고 부모에게서 등을 돌리게 될 테니까요. 아이의 삶을 도울 기회를 영영 잃어버릴 수도 있는 겁니다.

　저는 타인과의 경계를 지키기 어려워하는 분들에게 세 가지 원칙을 실천해보라고 이야기합니다.

1. 상대방의 요구에 먼저 귀 기울이기

2. 상대방의 요구와 나의 소망 구분하기

3. 상대방의 요구와 상관없이 나의 소망으로 어떤 행동을 할 때는 그 어떤 대가도 기대하지 않기

어디까지가 나의 삶이고 어디부터가 그 사람의 삶인지 살펴보세요. 경계가 내 눈에 잘 보일 때 서로에게 더 잘해 줄 수 있고, 돌봄을 통해 진정한 행복과 감사를 느끼게 됩니다. 저 역시 이 경계의 존재를 항상 인식하고 있고, 그로 인해 종종 선물 같은 시간이 찾아오기도 합니다. 이 일을 할 수 있음에 항상 감사하는 계기가 되지요.

내가 참혹하다고 느끼는 것은

재난이 아니라

재난 이후의 우리의 모습이다

인간의 회복 탄력성
분석에 대한 연구

앞에서 돌봄이 아픔을 가진 사람들에게 어떻게 도움이 되고 어떤 좋은 영향을 미치는지, 돌봄을 위해서 필요한 것들은 무엇인지 살펴보았습니다. 우리가 회복하고 성장하기 위해서 꼭 필요한 또 다른 돌봄이 있습니다. 바로 사회 돌봄이지요. 사회 돌봄은 사람의 삶에 다양한 영향을 미칩니다. 이 돌봄의 중요성을 알려주는 연구 결과가 있습니다. 바로 '카우아이 연구'입니다.

이 연구는 1955년 미국 서부 카운티 카우아이섬에서

태어난 어린이 육백구십팔 명의 다양한 생물학적 및 심리 사회적 위험 요소, 스트레스가 많은 사건으로 인해 적용되는 보호 요인의 영향 등을 탐구했습니다. 정신 건강 근로자, 소아과 의사, 공중 보건 간호사 및 사회 복지사 팀이 섬에서 태어난 모든 어린이의 발달을 1세부터 시작하여 2세, 10세, 18세, 32세, 40세 때까지 꾸준히 모니터링한 것입니다.

이 섬의 생존자 중 약 30퍼센트는 가난한 집안에서 태어나고 자랐습니다. 생존자들의 어머니들은 주산기 합병증(임신 당뇨병)을 앓았습니다. 지속적인 가정 불화를 경험하거나, 이혼 가정이거나, 부모가 정신 병리학적으로 어려움을 겪고 있는 가정에서 산 생존자들도 많았습니다.

그러나 생존자 세 명 중 한 명은 유능하고 자신감 넘치며 배려심 많은 성인으로 성장했습니다. 그들은 학교에서 성공을 거두었고, 가정과 사회 생활에 충실했으며, 현실적인 교육·직업 목표와 자신에 대한 기대를 설정했습니다. 40세에 이르렀을 때 그들 중 누구도 실직하지도, 법적인 문제에 휘말리지도 않았으며, 아무도 사회 복지에 의존할 필요가 없었습니다. 이혼율, 사망률 및 만성 건강 문제를 겪는 사람의 비율 또한 현저하게 낮았습니다. 성인이 된 생존자들의 교육 및 직업적 성취는 경제적으로 건전했고, 지극히 평안한 가정 환경에서 자란 아이들과 같거나 심지어 그 이상으로 높게 나타났습니다.

연구는 이 아이들이 사회성을 회복할 수 있었던 요인을 크게 세 가지로 제시하였습니다. 첫 번째는 개인이 가진 기질이었습니다. 두 번째는 가족의 보호였습니다. 가족 중 아이가 유대감을 가지는 정서적으로 안정된 사람이 한 명만 있어도 아이가 회복 탄력성을 가질 수 있다는 것이었습니다. 마지막으로 지역 사회의 보호가 긍정적 요인으로 꼽혔습니다. 지역 사회로부터 정서적 지원과 조언을 구하는 것이 아이들의 회복 탄력성에 많은 영향을 미쳤던 것입니다. 교사, 이웃, 멘토, 친구의 부모님 등이 아이들을 보호하는 요인으로 작용하였습니다.

카우아이 연구는 인간의 회복 탄력성을 분석한 유명한

연구입니다. 저는 이 연구에서 꼽은 세 가지 요인 중 지역 사회 보호 요인에 특히 주목했으면 합니다. 태어나는 아이들은 부모를 정할 수 없습니다. 그래서 어떤 아이들은 학대 가능성이 큰 위험한 환경에 태어나기도 합니다. 어쩌면 세상은 태어날 때부터 불공평한 곳일지도 모르겠습니다. 하지만 다행히도 우리가 그 아이들에게 해줄 수 있는 것이 있습니다. 믿을 만한 어른이 되고, 아이들이 보호받을 수 있는 복지 시설을 늘리고, 함께 아이들을 키우는 지역 사회 공동체 문화를 만들어가는 것이지요.

이런 어른들과 사회의 노력 속에서 빛을 잃었던 아이들은 다시 웃음을 찾아 재능을 빛내며 우리 사회의 든든한 구성원으로서 자라날 것입니다.

며칠간 예민하고 자꾸 눈물이 났는데

아닌 척했다

계속 몸이 아프고 기운이 없었는데

독감 때문이라 했다

기념일 반응이라고 누구나 그럴 수 있다고

여기저기 잘난 척해놓고

나는 괜찮은 척했다

학교 교문을 지나

오르막을 오르면서

숨이 차고 눈물이 났다

괜찮아 괜찮아

슬퍼도 괜찮아

울어도 괜찮아

약해져도 괜찮아

나도 우리도

그냥 이대로도

괜찮아

우리 사회가
환멸기를 지나
회복기로 가길

많은 사람들이 궁금해합니다. 코로나는 언제 끝날까요? 코로나는 우리에게 어떤 영향을 미칠까요? 언제 끝날지는 알 수 없지만, 재난을 겪는 사람들의 심리에 대해서는 하고 싶은 말이 많습니다.

흔히 재난 전문가들은 재난의 단계를 재난 전기, 충격기, 영웅기, 허니문기, 환멸기, 회복기의 6단계로 나눕니다. '재난 전기'는 폭풍 전야와 같은 시기를 말합니다. 사람들은 재난을 피하기 위해 대비를 합니다. 주로 가족이나 자신의 안전에 관심이 집중되지요. '충격기'는 재난이 발생하여 사람들이 충격을 받는 시기입니다. 이때 어떤 재난이느냐에 따라 기간이나 양상은 많이 달라질 수 있습니다. 그다음에는 '영웅기'가 옵니다. 어디선가 수많은 영웅이 나타나서 사람들을 구하죠. 다음은 '허니문기'입니다. 이 시기에는 온갖 봉사자들이 모여들어 재난 지역에 자원들이 제공되고, 사람들은 모든 문제가 금방 다 해결될 거라고 믿습니다. 긍정적인 생각 아래 뭉쳤으니 서로 강한 유대감과 연대를 느끼지요.

안타깝게도 허니문기 이후에는 '환멸기'가 기다리고 있습니다. 지원되던 많은 물자와 관심 들이 줄어들고, 재난이 일어났다는 사실은 사람들에게 조금씩 잊혀져갑니다. 피해 지역 사람들은 덩그러니 남겨진 것처럼 느낄 수밖에요. 지원은 더 이상 오지 않는데 경제적으로는 여전히 힘들고, 가까운 사람들까지 잃은 굉장히 억울한 상황에 처하게 되는 것이지요.

물론 환멸기가 지나고 나면 '회복기'가 옵니다. 하지만 환멸기가 얼마나 오래갈지, 회복기가 얼마나 빨리 올지 누구도 예측할 수 없어요. 사실 얼마나 많은 사람들이 환멸기를 겪으며 고통을 받게 될지는 전적으로 그 사람이 소속한 사회에 달려 있습니다.

단원고에 들어갔을 때, 제 마음속에는 계획이 있었습니다. 열심히 치료하면 아이들 졸업 전까지 최소한 스무 명에서 서른 명은 치료할 수 있을 것이라 생각했습니다. 일주일에 한 명, 한 시간씩 진료를 본다고 했을 때 계산되는 수치였지요. '여기에 있는 동안 그 정도는 치료할 수 있겠지.' 하고 생각했었던 겁니다. 그런데 막상 치료를 시작하니 굉장히 오만한 생각이었습니다. 세월호 참사 후 학교는 그야말로 전쟁터였고, 사회적 분위기 또한 재난 피해자들에게 긍정적이지만은 않았습니다. 처음엔 촛불을 들고 살아서만 돌아오라고 부탁했지만, 보상금 이야기가 나오기 시작하면서 사람들은 부정적이고 공격적으로 바뀌어버렸습니다.

치료는커녕 추가적인 트라우마가 생기지 않게끔, 더

나쁜 일이 생기지 않게끔 돕는 것이 최선인 상황이었습니다. 제가 옆에서 함께 지켜보고 있다는 걸 알려주는 게 전부였지요. 학생들의 말을 열심히 들으면서 분위기를 다져놓으면, 며칠 후에 '일베 오뎅 사건'이 터집니다. 분위기는 침울해지고 원점으로 돌아가지요. 또 열심히 치료해도 '친구 팔아서 대학 간다'라는 이야기가 나와서 다시 돌아가고. 늘 이런 상황의 반복이었습니다. 사회적 지지를 받기는커녕 오히려 사회 구성원들로부터 쏟아지는 수많은 악플과 선정적인 기사로 상처받는 상황에서 아이들의 트라우마가 해결되기란 쉽지 않았지요.

이와 같이 재난 피해자들의 회복은 사회의 분열, 재난 피해자들을 향한 부정적인 인식에 많은 영향을 받습니다. 때문에 사회적 지지를 통해 그들이 사회 구성원으로서 이해와 존중을 받고 있다는 메시지를 주는 일은 환멸기에서 회복기로 넘어가는 데 중요한 역할을 합니다. 사회와 세상에 대한 신뢰는 재난을 겪은 사람들이 환멸기를 이겨내는 원동력이 되니까요.

코로나를 겪고 있는 지금도 비슷한 일들이 일어나고 있습니다. 앞에서 이야기한 초등학생의 걱정처럼 우리는 감염된 사람들을 낙인찍고 소외시키기도 하지요. 이처럼 감염병 재난은 감염 자체로 인한 불안, 공포뿐 아니라 2차적으로 다양한 사회적 트라우마를 가지고 옵니다.

감염병 재난의 경우 격리가 물리적으로 지지 체계와의 단절을 초래하기 때문에 더욱더 어려운 면이 있습니다. 격리자의 주변 사람들이 감염 위험에 노출된 상황이기 때문에 죄책감과 상대방의 원망 등 복잡한 감정으로 인해 충분한 정서적 지지를 받기 어려운 경우 또한 많습니다.

그래서 저는 소아 청소년 심리 방역 교육을 할 때 격리에 들어가기 전에 나를 지지해줄 수 있는 사람들의 리스트를 만들라고 권유합니다. 격리되어 있는 동안 그 사람들과 소통하며 지지받을 수 있도록요. 격리자가 학생인 경우 담임 선생님이나 상담 선생님에게 친구들이 함께 쓴 롤링 페이퍼 같은 응원 메시지를 전달하도록 당부합니다. 격리되어 있는 아이가 다시 사회에 나왔을 때 따돌림받을 걱정을 하지 않도록 말이지요.

　이제 우리 사회도 조금씩 변화해갔고, 지금도 진행 중입니다. 세월호 참사 이후 언론의 역할과 보도 및 취재 시 준수 사항에 대한 논의들이 있었고, 더 많은 사람들이 재난 피해자들을 보호하고 지지하는 일이 중요하다는 것을 느끼고 있습니다.

　아이들에게 발달 단계가 있듯이 사회 역시 발달 과정을 거칩니다. 트라우마를 통해 개인이 성장하듯, 사회도 트라우마를 겪은 후의 대처에 따라 한 단계 더 성장할 수 있습니다. 사회의 성장에 필요한 것은 피해자들에 대한 한결같은 공감과 지지, 일관된 노력일 것입니다. 우리 사회가 환멸기를 딛고 일어서 회복기로 접어드는 그날을 고대합니다.

친부 성폭력, 성매매, 아동 학대, 파양, 가출, 방치,
정서적 학대……
온종일 분노를 참으며 진료한다
화를 누르고 부모를 달랜다
아이들을 도와야 하니까
가난이 문제일까 술이 문제일까
아이가 문제일까 부모가 문제일까
아마도 우리가 문제겠지
청년들은 고시원에서
청소년들은 뒷골목에서
어린이들은 방치와 학대 속에서 노랗게 시들어간다
나는 왜 살아야 하느냐는 아이들의 질문에
변변히 대답도 못 해주는 허깨비 어른이다
함께 버텨주기
함께 존재해주기
이것만으로도 부디
도움이 되었으면 좋겠다

아픔과 슬픔을 낫게 해주는 이야기

3장

healing 치유

이제 혼자 아파하지 마세요

현재를
향유하는 순간

사람들이 북적이는 화려한 커피숍에 한 여자가 앉아 있습니다. 여자의 시선은 창밖 어딘가에 고정되어 있지만, 의식은 그곳에 존재하지 않습니다. 테이블 위에 올린 손은 무언가 놓치지 않으려는 듯 꽉 쥐어져 있고, 긴장으로 굳어진 몸은 아주 얕은 호흡만을 겨우 하고 있습니다.

지금 이 여성은 현재에 있지 않습니다. 본인이 경험했던 과거의 어딘가에 머물러 있습니다. 트라우마의 주요 징후 중 하나입니다. 현재의 친구가 냉정하게 대하면, 과거에 친구들로부터 따돌림당했던 순간으로 돌아가 그때의 생각과 감정, 몸 상태를 다시 경험하게 됩니다. 마치 과거와 지금 이 순간이 일치하는 것처럼 또다시 누군가가 나를 따돌릴 수도 있다고 생각하고 느끼죠. 물론 의식적으로는 이미 지나간 일이고 다시 일어나지 않을 일이라 생각하지만, 트라우마 증상은 의식으로 쉽게 조절할 수 없습니다. 예측 불가능한 다양한 증상들을 만들어내기 때문에 원치 않게 자꾸 과거로 돌아가게 되는 것입니다.

어렸을 때 오빠가 교통사고로 사망하는 트라우마를 겪은 한 여성이 있었습니다. 이 여성은 사고 이후 대체로 잘 지냈지만, 결혼해서 아이를 낳은 뒤 조금씩 스트레스를 받기 시작하자 트라우마 증상들이 나타나기 시작했습니다. 아이가 늦게 들어오면 교통사고라도 난 게 아닐까 걱정이 되고, 남편이 집에 늦게 들어와도 똑같은 걱정을 했지요. 그럴 때마다 어린 시절 오빠의 사고를 겪으며 느꼈던 두려움이 닥쳐온 것입니다. 시간이 지날수록 이 분은 온종일 과거

에 있었던 교통사고와 연관된 감정과 생각 속에서 대부분
의 시간을 보내게 되었습니다. 의식적으로 지금은 그런 일
이 일어나지 않는다고 자신에게 아무리 이야기해도 소용이
없었습니다. 혼자 벗어나기엔 어렵다고 판단해서 결국 저
에게 도움을 청하게 되었던 것이지요.

이 상황에서는 크게 두 가지 대처가 필요합니다. 첫 번
째는 이 분이 저에게 왔듯 정신과에서 트라우마 치료를 받
는 것입니다. 트라우마를 해결하기 위해선 많은 경우 전문
가의 도움을 필요로 하니까요. 다른 하나는 내가 현재에 머
물고 있다는 사실을 끊임없이 자각하는 것입니다. 과거를
떠올린다는 것은 곧 내가 과거에 존재하는 것을 의미하기
에, 그때의 생각과 감정, 감각 등에 계속 머무르게 됩니다.
이럴 때면 엄한 감정을 느낀다거나 현재에 존재하고 있으면
서도 주위의 것들이 명료하게 느껴지지 않는 경우가 많죠.

현재를 자각하는 방법은 어렵지 않습니다. 오감에 신
경을 집중하면 됩니다. 음식을 먹을 때는 그 맛과 색깔, 냄
새를 더 잘 느껴보려고 하면 되지요. 가방을 들 때면 뻗는

팔이 늘어나는 감각, 가방을 손에 쥐었을 때의 느낌, 가방의 무게에 집중하려고 하면 되고요. 샤워를 할 때도 어제의 일, 오늘 할 일 등을 생각하기보다 물의 따스함, 물이 닿는 피부의 느낌, 샴푸 향기 등에 집중하려고 노력해야 합니다. 사랑하는 사람과 함께할 때면 그 사람이 곁에 다가올 때 느껴지는 감정, 행복, 눈빛에 집중해 보세요. 그러면 지금 이 순간을 선명하게 느낄 수 있습니다. 비로소 현재를 살아가며 온전히 향유하는 사람이 되는 것이지요.

현실과 접촉할수록 우리는 힘든 트라우마의 시간을 반복해서 사는 대신, 현재 곳곳에 숨어 있는 행복을 만끽하게 됩니다. 문득문득 아픈 과거가 떠오르더라도 내가 현실에 살고 있음을, 잊지 마세요.

내게 찾아온 우울을
극복하는 법

비가 오는 건 세상을 잠시 멈추기 위함인 것 같습니다. 손에 든 책을 내려놓고 투둑, 툭, 툭 창에 부딪히는 무심한 빗소리에 귀를 기울이며 환했던 봄 풍경 위에 하염없이 쏟아지는 빗줄기들을 바라봅니다. 멈춰 있는 세상을 가만히 응시합니다.

우울이 오는 이유도 그렇습니다. 힘겹게 지고 가던 마음의 짐들을 내려놓고, 하염없이 내리는 눈물을 바라보기 위해서입니다. 마음이라는 댐에 가득 차오른 눈물을 모두

방류하고 나면 바닥 깊숙한 곳에 숨어 있던 상처, 그리움, 좌절된 소망을 차분히 살피고 보듬을 수 있지요.

몇 년 전, 구포역 열차 전복 사고의 생존자 분이 세월호 생존 학생들에게 하는 이야기를 들었습니다. "우울이 오면 내 마음이 쉴 때가 되었다는 신호를 보낸다고 생각한다"고요. 우울을 애써 이겨내려고 하기보다 그냥 충분히 쉰다고 말이죠.

사람들은 우울을 싫어합니다. 물론 병적인 우울은 전문적인 치료를 받아야겠지요. 하지만 대부분의 우울은 우리가 그것을 인정하지 않으면서 시작됩니다. 마음의 상처를 별거 아닌 것으로 치부하고 이겨낼 수 있다고 자만하며, 자신의 상태를 외면하고 우울에 빠진 나 자신을 비난하면서 더욱 심해지게 됩니다. 그 과정에서 상처는 치유되지 않고 더 곪아갈 뿐인데 말입니다.

트라우마 환자들을 많이 만나다 보니 '희망' '성장' '극복'이라는 단어들을 자주 쓰게 됩니다. 그리고 환자에게 조금이라도 긍정적인 변화가 있거나 장점을 찾으면 마구 칭찬합니다. 이렇게 그 사람의 상처와 힘든 마음을 무시하지 않으려고 노력하다 보니 종종 저도 모르게 긍정적인 면만 바라보게 될 때도 있습니다.

한번은 재난 피해자들의 상황을 파악하기 위해 스무 명가량의 내담자를 인터뷰하였습니다. 늘 열심히 지내는 그들의 모습을 지켜봐 왔기에 그들의 슬픔, 불안, 우울 들을 들으며 놀란 마음을 감출 수 없었습니다. 이렇게나 힘들었구나……. 하지만 곧 곁에서 봐온 저조차 자꾸 좋은 모습만 보려 했다는 사실을 깨달았습니다. 잘 지내는 모습 뒤에는 알려지지 않은 많은 그림자가 있었겠지요.

내담자 중 한 분이 인터뷰를 마칠 때쯤 이런 이야기를 했습니다.

"내 심리 문제를 깊이 보고 나니 나 자신이 더 이해돼요. 어떻게 해야 할지 알겠어요."

우리는 우리가 가진 우울을 이해해야 합니다. 따뜻한 차 한 잔으로 얼어붙은 몸을 달래듯, 긴긴 눈물 끝에 드러난 마음의 바닥을 어루만지며 나를 위로해주어야 합니다. 그게 며칠이 걸리든 상관없이요. 장마철에 며칠이고 몇 주고 비가 내리는 것처럼, 꾸준히 자신을 바라보고, 수용하고, 견뎌야 합니다. 때때로 찾아오는 우울의 시간도 밝고 행복한 시간만큼 반갑게 맞이해주어야 합니다. 그래야 우리 마음속에 널린 무수한 그림자들이 온전한 나로 하나 될 테니까요.

마음의 선글라스 벗기

막 소아 정신과 의사가 되었을 때의 일입니다. 중학생 아이가 진료실을 찾아왔습니다. 아이는 부모님 때문에 너무 힘들다고 호소했습니다. 엄마가 자신과 오빠를 차별하고 굉장히 냉정하게 군다고요. 엄마의 그런 행동들 때문에 자기가 우울해진 거라며, 저에게 엄마가 어떤 행동을 했는지 잔뜩 말해주었습니다.

이야기를 듣는 내내 생각했습니다.

'세상에 어떻게 저렇게 딸을 미워하는 엄마가 있지?'

'어떻게 딸과 아들을 저렇게 차별할 수 있지?'

아이는 심리 상담과 함께 약물 치료를 꾸준히 받았지요. 그렇게 몇 개월 동안 치료가 원활히 진행되던 중, 어느 날 진료실로 아이와 엄마가 팔짱을 끼고 들어온 것입니다. 밝아진 아이의 모습을 보니 엄마와의 관계를 회복한 것 같아서 몹시 기쁘고 보기 좋았습니다. 아이와 일대일 면담을 할 때 아이에게 물었습니다.

"오늘은 엄마랑 같이 왔구나. 기분이 좋아 보이네?"

"선생님, 제가 우리 엄마를 얼마나 좋아하는데요. 엄마는 세상에 하나밖에 없거든요. 나를 엄청 사랑하고요."

저는 잠시 혼란에 빠졌습니다. 이전에 했던 이야기는 까맣게 잊어버린 것처럼 구는 아이. 왜 이렇게 갑자기 바뀌어버린 건지 궁금했어요.

"그렇지만 전에는 엄마가 널 힘들게 한다고 하지 않았니?"

"엄마랑 저는 제일 친해요. 오늘 같이 떡볶이 먹으러 갈 거예요."

아이의 대답은 정말 단호했습니다. 저는 더 묻고 싶었지만, '그때는 많이 우울해서 엄마에 대해서 부정적으로 생각했나 보다.' 하고 상담을 마쳤습니다.

우울증을 흔히 선글라스에 비유합니다. 우울하고 불안하면 검정색 선글라스를 낀 것처럼 세상이 어두침침해 보이니까요. 하지만 선글라스를 벗으면 세상은 다시 밝고 찬란하게 보입니다. 그래서 저는 우울하거나 불안할 때는 중요한 결정을 최대한 미루도록 권고합니다. 학교를 그만둔다거나 퇴사하는 것, 이혼을 하는 것 등 앞으로의 삶에 큰 영향을 미칠 수 있는 결정은 특히 그렇습니다. 선글라스를 낀 상태에서는 사물의 형태도, 돌아가는 상황도 파악하기 쉽지 않으니까요.

고민이 있거나 일이 잘못되어가고 있다고 느낄 때, 세상이 어두워 보일 때 마음에 선글라스가 씌워져 있지 않은지 살펴보세요. 선글라스를 벗고 나면 다시 아름다운 모습으로 우리 눈앞에 나타날 수도 있으니까요.

다만 우울한 상태의 사람이 무언가에 대해서 부정적으로 이야기할 때 "네가 우울해서 그렇게 보이는 거야"라고 이야기하는 것은 좋은 방법이 아닙니다. 물론 우울해서 그런 것일 수 있지만, 그 순간 부정적으로 보이는 것도, 그로 인해 그 사람이 괴로운 것도 엄연한 사실이니까요.

　　우리가 할 일은 그 사람의 마음의 고통을 있는 그대로 수용하고 기다리는 것입니다. 다시 밝은 무지개를 볼 수 있을 때까지요. 그때가 오면 함께 환히 웃을 수 있을 거라 믿으면서 말입니다.

진짜 내 편

진료실에서 자신의 일부를 수용하기 힘들어하는 내담자들을 만나면 이런 이야기를 자주 합니다.

"당신이 그렇게 할 때는 그럴 만한 이유가 있을 거라 생각합니다."

이 말을 듣고 나면 대부분의 내담자들은 침묵합니다. 잠시 자신을 들여다보는 것이지요. 그 뒤엔 눈물을 흘리기도 하고 무언가를 깨닫기도 합니다. 어느 쪽이든 상관없습니다. 또 다른 감정이 느껴지더라도 괜찮습니다. 그렇게 스스로를 바라보며 인정하고 수용하는 것이 가장 중요하니까요.

한 학생을 만난 적이 있습니다. 혼자 자해를 해왔는데 그 사실을 아무도 몰랐지요. 평소 공부도 잘하고 어른들에게도 예의 바른 모범생이었기 때문입니다. 하지만 누구나 그렇듯 이 친구 또한 남들이 모르는 고민을 품고 있었습니다. 어른들 앞에 설 때면 예의 바르게 행동했지만 사실 속으로 몹시 긴장한다는 것이었습니다. 담임 선생님과 대화를 나눌 때도 너무 긴장해서 해야 할 말을 하지 못하고 돌아와서야 후회하는 일이 반복되었고요. 또 어른들이 오해를 해서 부당하게 혼낼 때도 멍해져서 아무 말도 못하다가 억울하다고 생각하며 울기만 했다고 합니다. 그래서 담임 선생님과 상담을 해야 하는 날이면 학교에 가기 싫었던 것이죠. 친구들에게 어렵게 털어놓았지만, 친구들은 대수롭지 않게 생각했는지 "그냥 말씀드려!" 하고 쉽게 얘기해서 그 후로는 말을 꺼내지 못했답니다. 자신은 너무 힘든데 이해받지 못한다는 생각에 죽고 싶을 때도 있다고 했습니다.

사실 이런 모습을 보이는 데에는 이유가 있었습니다. 이 친구는 매우 엄격한 아버지 밑에서 자라서, 직접적인 폭력을 당하지는 않았지만 작은 일에도 호되게 혼났습니다. 그의 아버지는 아이를 혼낼 때마다 이렇게 이야기했다고 합니다.

"어떻게 된 건지 말해봐."

하지만 자초지종을 이야기하면 수치심을 느낄 정도로 가혹하게 비난하고 윽박질렀습니다. 그렇다고 아무 말도 하지 않으면 반항한다고 혼을 냈지요. 어떻게 하든 이 친구는 아버지에게 혼이 났던 것입니다.

그래서인지 스스로 알아차리지 못했지만 아이에게 그런 아버지를 대하는 나름의 대응 체계가 생겼습니다. 평소에는 즐겁고 편안하게 지냈지만, 아버지 앞에서는 자기도 모르게 그 체계가 작동했습니다. 평소보다 더 집중하고 긴장해서 혼나지 않을 답을 찾거나, 답을 찾는 게 불가능할 때에는 아예 얼어붙어 버려 그 시간을 무감각하게 보내는 식으로 덜 고통스러워지는 방법을 만들어 낸 것이지요. 상담하는 사람들은 이것을 '파트Part', 즉 또 다른 나 중 하나라고 합니다. 이 친구는 어린 시절 자기 안에 만들어진 파트 덕분에 덜 혼나고, 덜 상처받고 살 수 있었습니다. 아버지에게 덤볐거나 무감각해지지 않고 모든 언어 폭력을 있는 그대로 받아들여야 했다면 훨씬 더 힘들게 살아왔을지도 모르겠습니다.

하지만 이 대응 체계는 자신을 효과적으로 지켜온 '방패'였기에, 아버지에게 혼나는 경우가 아니더라도 유사한 상황에 처하면 시도때도 없이 작동했습니다. 아버지처럼 권위가 있는 사람들 앞이면 긴장이 되어 얼어붙고, 아무 생각도 할 수 없게 되어버린 것이지요. 그래서 이 친구는 자신의 파트를 미워합니다. 다른 친구들처럼 편안하게 선생님이랑 농담도 하며 친해지고 싶은데, 자기도 모르게 긴장하게 되어 선생님이 나를 나쁘게 생각하진 않을까 속상하고 불안해지니까요.

하지만 우리 안의 파트는 무시당할수록 더 열심히 튀어나옵니다. 속상해하는 그 친구에게 이렇게 말해주었습니다.

"어른들 앞에서 너도 모르게 튀어나오는 긴장한 너의 모습은, 아버지의 언어 폭력 때문에 힘들 때 네가 견딜 수 있게 도와준 고마운 아이란다."

친구들과의 관계에서도 파트가 생길 수 있습니다. 예전에 친구들에게 상처를 입었던 나의 일부가 자꾸 등장해서 새로운 친구들을 의심하고 경계하게 만드는 것이지요. 사실 지금의 친구들은 내가 상처받지 않도록 노력하고 싶어 하고, 실제로도 수없이 노력해왔다는 사실을 알고 있습니다. 하지만 자신도 모르게 두려움, 걱정, 불신이 순간적으로 튀어나와 관계를 뻣뻣하게 만들고 친구들과 어울리지 못하게 만들죠. 대부분의 사람들은 그런 자신의 모습을 미워하고 혐오합니다. 자기 혐오에 빠진 친구들은 때때로 자해를 하기도 하고, 자살을 생각하기도 합니다.

자기 혐오, 수치심, 분노 조절의 어려움을 이야기하는 어른들에게서도 이와 비슷한 상황을 볼 수 있습니다. 여섯 살 때 어머니에게 버림을 받은 사람은 연인과 관계가 멀어질 때마다 여섯 살의 자신이 튀어나와 연인에게 과도하게 매달립니다. 엄마에게 그랬듯이요. 중학교 시절 학교 폭력을 당했던 사람은 새로운 직장에 들어가면 중학생인 자신이 튀어나와 입을 닫고 조용히 자기 일만 합니다. 누가 또 날 괴롭힐지 모르니까요.

지금의 내가 이해할 수 없는 나의 행동들은 과거의 내가 튀어나오는 것입니다. 이 사실을 설명드리면 깜짝 놀라는 분들이 많습니다. 자기가 다중인격자인가 걱정하기도 합니다. 하지만 인간은 누구나 상황에 맞게 대처하는 자신만의 대응 체계를 갖고 있습니다. 부정적인 파트뿐만 아니라 긍정적인 파트도 내 안에 있다는 말입니다.

여기서 주목해야 할 부분은 앞에서 한 학생에게 말했듯 내가 혐오스러워하는, 수치스러워하는 그 파트가 사실

나를 지금까지 살게 해준 고마운 파트라는 겁니다. 파트는 과거의 내가 어려울 때 상황을 이겨내게 도와주었고, 지금 까지도 나를 도우려고 열심히 애쓰고 있습니다.

가끔씩 튀어나오는 자신의 당황스러운 모습을 떠올려 보세요. 그리고 그 모습을 '살려고 애쓰는 모습'이라 여기고 너그러이 봐주세요. 우리에게 필요한 것은 비난과 자책이 아니라 스스로에 대한 수용과 이해입니다. 나름대로의 방법으로 잘 지내온 당신에게 말해주세요. 잘 견뎌주어서 고마웠다고. 지금도 이렇게 노력해줘서 고맙다고요.

어린 시절 가난으로 몹시 고생했던 여성분이 잔고가 떨어질 때마다 예민해져서 가족들에게 화를 낸다고 토로하셨습니다. 이 분은 가난에 대한 트라우마가 있다고 고백했고, 자신의 행동에 대해서도 잘 알고 계셨죠. 하지만 머리로는 알고 있었으나 과거의 트라우마를 온전히 받아들이지는 못했습니다. 어린 시절 가난으로 힘들어했던 나를 수용하기엔 역부족이었던 것이지요. 저는 그분 자신에게 아이 달래듯 말을 걸라고 제안했습니다. 누군가에게 위로의 말을 건네듯, 나에게도 건네보라고요. 우스워 보이지만 분명 효과가 있으니까요.

자괴감, 수치심, 자기 혐오에 빠질 때의 나를 잘 살펴보면 실은 나 자신을 위해 애쓰는 중일 겁니다. 그런 나를 발견하면 마음으로 꼭 안아주세요. '또 다른 나'야말로 힘든 시기를 견딜 수 있게 도와준 '진짜 내 편'이니까요.

너와 함께하는
혼자만의 여행

이 이야기가 너에게 어떻게 들릴지 잘 모르겠지만, 선생님 이야기를 들어봐.

우리는 사랑하는 사람을 잃게 되면 애도를 하는데, 흔히 여행과 비슷하다고 해. 어떤 여행이냐면, 처음에 시작할 때는 네가 사랑하는 사람이 곁에 있지만, 여행이 끝나면 사랑했던 그 사람은 없어. 너의 마음 안에만 있게 되는 거지.

각자의 여행이 다르듯이 애도도 사람마다 굉장히 다른

모습을 가지고 있어. 어떤 사람은 산을 만나고, 가다가 강을 건너기도 해. 또 어떤 사람은 한없이 펼쳐진 초원 같은 곳을 지나가기도 하지. 어떤 사람은 애도라는 여행을 끝마치는 데 1년이 걸리고, 다른 사람은 20년이 걸려도 목적지에 도착하지 못할 수도 있어. 그래서 한 사람의 애도 과정에 대해 누군가가 옳고 그름을 함부로 이야기할 수 없는 것이지.

애도의 목적지는 다른 곳이 아니야. 우리가 사랑하는 사람을 영원히 기억하면서도 너무 아프지 않게, 자주 울적하지 않게 살아갈 수 있는 곳이야.

기억해야 할 게 있어. 사람들은 너에게 "시간이 지나면 잊혀진다"고 너무 쉽게 말할 것이고, 때로는 그 말에 영향이라도 받은 것처럼 내가 정말 그 사람을 잊으면 어떡하나 두려울 때가 있을 거야. 실제로 살다 보면 정말로 잊어버린 것 같아 죄책감을 느낄 수도 있어. 하지만 그 사람은 네 마음에서 완전히 잊힌 게 아니야. 애도의 과정을 거쳐서 네가 덜 아프게 살아갈 수 있게 된 것뿐이지. 그 사람과 함께했던 기억이 너에게 아프게 다가가기보다는 웃음과 힘을 주는 양분이 되었을 테니까.

선생님은 너의 애도에 대해서 아직 잘 모르거든. 애도
의 시작점을 0이라고 하고 목적지를 100이라고 하면, 너는
지금 어디쯤 와 있는 것 같니?

벚꽃이 핀다
출근길에도 학교 안에도
여기에도 저기에도
눈둘 곳도 없이
숨을 수도 없이
벚꽃이 핀다
하루하루 더 풍성하게
매일매일 더 아름답게
웃을 수도 없이
울 수도 없이

당신이
너무 힘들지 않기를 바란다

세상에 기적이 있다면 나는 그것이 사람 안에 있을 거라 믿는다.

그 기적 중 많은 수는 타인과의 관계에서 시작될 거라 믿는다.

때로는 말로 설명하기 어렵다.

매일매일 우연히, 운명처럼 누군가를 만나고 관계의 빛깔은 인생을 빼곡히 채워나간다.

표정, 떨림, 오묘한 공기…….

영원의 순간에 기적이 일어나고 있다.

우리도 모르는 순간에.

하지만 생각하고 싶지 않을 수도 있다.

이야기하고 싶지 않을 수도 있다.

진료실에 오고 싶지 않을 수도 있다.

약을 먹고 싶지 않을 수도 있다.

괜히 생각하면 마음만 더 힘드니까.

이야기해봤자 해결되는 건 없으니까.

진료실에 오면 긴장되고 두려우니까.

약을 먹으면 내가 진짜 망가진 것 같아서.

그럴 수 있다.

정말 그럴 수 있겠다.

나 같아도 그렇게 느껴질 수 있겠다.

누구나 자신의 때가 있다.

자신만의 시간표가 있다.

당신의 템포를 나는 존중한다.

다만

나는 당신의 정신과 의사로서

당신이 너무 힘들지 않기를 바란다.

가능하면 너무 힘들기 전에 도움을 받았으면 한다.

나를 신뢰한다는 전제 하에

당신은 스스로 선택할 수 있다.

당신이 원하는 대로

무엇을 고르든

나는 당신이 원하는 만큼 도울 것이다.

벗어나고 싶으시군요

환자가 진료실에 들어옵니다. 반사적으로 고개를 들고 환자와 눈을 맞춥니다. 제 얼굴을 바라보는 환자의 표정, 자세, 걸음 그리고 분위기를 통해 직감합니다. 무슨 일이 있구나. 자리에 앉기를 기다렸다가 그의 얼굴을 잠시 바라봅니다. 그러고는 묻습니다.

"무슨 일이 있으셨어요?"

아니나 다를까, 눈물이 차오른 환자는 이야기를 시작합니다. 이야기를 들으며 나도 모르게 가슴이 답답해집니

163

다. 잠시 후 팽팽히 차오른 침묵 속에서 툭, 한마디를 꺼내놓습니다.

"벗어나고 싶으시군요."

그러면 둑이 터지듯 환자에게서 울음이 터져나옵니다. 슬픔, 절망이 느껴집니다. 긴장이 사라진 자리를 무력감이 점령합니다. 제 마음도 무겁고 힘이 빠지는 듯합니다. 빨리 분위기를 바꾸고 싶다는 욕구가 올라오기도 하지만 그저 바라봅니다. 무언가를 하는 대신 환자의 주파수에 저 자신을 맞춥니다. 지금은 조금 힘들더라도 자신의 절망과 슬픔을 깊이 들여다볼 때니까요. 깊은 슬픔을 지나고 나면 환자는 스스로 무언가를 가져올 겁니다.

긴 눈물 끝에 입을 엽니다.

"죄송해요."

"괜찮습니다. 그 상황이라면 누구나 많이 힘들 것 같습니다."

"하지만 저는 벗어나고 싶어요."

"벗어나고 싶은 마음이 있으시군요."

벗어나고 싶다는 말이 마치 주문처럼 환자에게 약간의 생기를 불어넣습니다. 우리는 그 마음을 함께 바라봅니다. 그 마음 안에는 분노도 있지만 희망도 있습니다. 긴 슬픔 끝에, 우리는 '변화'라는 작은 희망을 함께 바라봅니다.

진료를 할 때에는 OCS_{Order communication system}*를 확인해야 하고, 처방을 넣어야 하고, 진료실 밖에서 오는 메시지도 봐야 하기에 컴퓨터가 놓인 책상 앞에서 진료를 합니다. 그러다 보니 환자를 마주 보고 있으면서도 환자의 마음에 눈을 맞추는 것을 종종 잊을 때가 있습니다. 그래서 일부러 환자들이 들어오고 나갈 때 눈을 맞추고 크게 웃으면서 "안녕?" "안녕하세요!" 하고 외칩니다. 환자를 진료 공간에 초대하고 제가 환자의 마음 안에 들어가겠다는 신호 같은 것

※　처방 진료 시스템. 병원에서 환자를 중심으로 일어나는 모든 과정을 전산화한 시스템
　　이다.

이지요.

제 진료실 옆에는 방이 하나 있습니다. 저는 이 방을 '치유의 방'이라고 부릅니다. 몇몇 트라우마 환자들은 눈을 맞추는 일상적인 수준의 교감만으로는 충분히 지지해주기 어려울 때가 있는데, 그럴 때 저는 치유의 방에 들어가 그 방에서 환자들과 긴 시간 작업을 합니다. 방 안에는 커다란 곰돌이 인형이 둘이나 있지요. 저는 곰돌이 인형 사이에 앉습니다. 포근한 곰돌이들 사이에 앉으면 제 마음도 차분해지고, 곰돌이들이 저와 함께 마음을 다해 환자를 지지해줄 것 같아 든든하지요.

이 곰돌이들은 마음 건강 센터를 열었을 때 트라우마를 입은 사람들의 상처를 돌보는 데 마음을 함께해주신 분들이 선물해주신 인형입니다. 기관의 치료실마다 곰돌이가 한 마리씩 있고, 마음이 다친 사람들을 함께 돌보아주고 있지요. 곰돌이들이 트라우마 치료에 든든한 보조 치료자 역할을 해주는 것이지요.

환자는 안락하고 편안한 의자에 앉아 저와 함께 작업

을 해나갑니다. 혹시나 환자들의 마음을 잘 이해하지 못할까 걱정이 될 때도 있는데, 곰돌이들이 제가 미처 하지 못한 위로를 건네줄 것 같아 안심하게 됩니다. 역시 사람에게는 의존할 만한 대상이 필요한 것 같아요. 그게 사람이 아니면 더 좋지요. 서로 부담이 되지 않으니까요. 그런 점에서 곰돌이 인형은 최고의 의존 상대입니다.

앞서 어머니와 아기가 눈이 마주칠 때 그리고 고양이나 강아지를 키울 때 옥시토신 호르몬이 나온다고 했지요. 내 마음에 위로가 되는 인형이나 의지가 되는 물건을 둔 뒤 그것과 마음에 담긴 이야기를 나누는 것도 또다른 의존의 방법입니다. 이렇게 말해보세요.

"벗어날 거야."

운전하며 집에 돌아오는 길에

어둑어둑 저녁 빛깔이

포근한 행복으로 느껴진다

더 나빠지지 않고 이렇게

일상으로 돌아갈 수 있으면 좋겠다

현관문을 열면 온몸의 긴장을 스르르 녹여주는

아이들의 시끌벅적한 소리처럼

그르릉대며 다가오는 고양이를 안아 올리면 느껴지는

따뜻하고 평화로운 감촉처럼

그립고 편안한 일상들이

아무렇지도 않게 다시 시작되었으면 좋겠다

우리 모두에게

마담 프루스트의 정원

제가 몹시 좋아하는 〈마담 프루스트의 정원〉이라는 유
명한 프랑스 영화가 있습니다. 이 영화의 등장 인물인 마담
프루스트는 상담사 혹은 주술사 같은 굉장히 신비한 사람
입니다. 부모님을 잃고 혼자 자란 주인공 폴은 두 고모와 같
이 살고 있으며, 트라우마 때문인지 말을 하지 않습니다.

어느 날 폴은 우연히 마담 프루스트를 만나게 되고, 그
때부터 많은 것들이 바뀌기 시작합니다. 가장 큰 변화는 폴
이 마담 프루스트를 통해 어렸을 때의 기억을 떠올리면서

일어납니다. 아주 희미한 기억을 가진 폴에게 마담 프루스트는 이렇게 이야기합니다.

　"기억은 음악을 좋아하거든. 기억들이 좋아할 만한 미끼를 던져보자."

　음악을 통해서 오래된 기억들이 소환되는 것은 아마 대부분의 사람들이 경험해본 일일 겁니다. 얼마 전 유행한 스탠딩 에그의 〈오래된 노래〉 역시 오래된 노래를 들으면서 예전에 사랑했던 사람과의 기억을 가져오는 내용이고요. 유명 영국 드라마 〈셜록〉에는 어린 시절 셜록의 누나가 노래를 이용하여 셜록의 기억을 되살리는 장면이 나옵니다. 〈마담 프루스트의 정원〉의 폴 역시 음악을 따라 과거에 들어갔다가, 아주 깊은 곳에 묻혀 있던 슬픈 기억을 가지고 오게 됩니다.

　트라우마 치유를 위해 과거의 기억을 가지고 올 때 청각적인 감각을 이용하는 것이 흥미롭지 않나요? 우리는 보통 트라우마가 뇌 부위 중 인지 기능을 맡은 영역에 남는다고 생각하지만, 실제로는 인지뿐만 아니라 지각, 감정, 감각을 담당하는 영역에도 트라우마의 요소들이 저장되어 있습니다. 이 중 어떤 문이 열리든 트라우마 안으로 들어갈 수 있는 거죠. 트라우마에 접근하는 채널이 여러 가지인 셈입니다.

과거의 트라우마 치료들은 환자의 기억, 인지, 감정 들을 중점적으로 다루었습니다. 그러나 최근에는 치료 당사자의 인생에 통합적인 관점으로 들어가면서 트라우마를 치료하고자 합니다. 예를 들어 코로나로 많은 사람이 힘들어하고 있지만, 이 질병조차도 개인의 가정 상황이나 학업적, 경제적 측면에 따라 다양하게 해석될 수 있거든요. 똑같은 재난이지만 어떤 삶을 살아왔는지에 따라 재난의 기능과 역할이 달라지는 것입니다. 그래서 트라우마가 어떤 역할을 하는지, 개인의 삶을 기준으로 통합적으로 봐야 할 필요가 있습니다.

최근에는 '몸'과 관련한 트라우마 치료 방식 또한 시도하는 추세입니다. 사실 트라우마는 몸으로 경험하는 것이 많은데, 그동안의 트라우마 치료는 트라우마가 불러오는 신체적 증상에 대해서 비중 있게 다루지 못했습니다.

트라우마의 종류가 많기 때문에 이에 맞춰 굉장히 다양한 트라우마 치료가 존재합니다. 다양한 치료 방법 중 자신과 잘 맞는 방법을 찾아 나와 잘 맞는 치료자와 함께 작업하는 것이 이상적인 트라우마 치료법입니다.

트라우마 치료를 위해 저는 '소마 스쿨'이라는 프로그램을 개발하고 있습니다. 이 프로그램은 기존과 다른 접근 방식을 취하고 있습니다. 우리는 너무 긴 시간 동안 몸을 통제해야 하는 대상으로 생각하고 살아왔습니다. 정신을 주체로 삼고, 몸을 도구처럼 사용해왔지요. 그로 인해 몸이 전하는 신호와 감각을 점점 더 느끼기 힘들게 되었고 조절하기도 어려워졌습니다. 자연스레 몸을 소중히 여기고 존중하는 방법 또한 잃어버렸지요. 특히 자해나 중독 같은 행동들은 우리의 몸을 감정 조절 수단으로 도구처럼 소모하는 대표적인 행위입니다.

오랜 시간에 걸친 잘못된 접근은 트라우마를 치료하는 데에도 어려움을 초래합니다. 트라우마는 자율 신경계의 과각성 혹은 저각성을 유발하기 때문에 증상들이 굉장히 많습니다. 예측하기도 어렵고요. 이때 자신의 몸을 조절할 수 없다면 더 큰 난관에 부딪히게 되는 것이지요. 때문에 몸에 대한 치료 작업을 먼저 진행해 신체를 잘 살피고 조율할 수 있도록 하는 것이 우선이라고 생각했습니다.

소마 스쿨의 가장 기본적인 규칙은 내 몸을 있는 그대로 존중하는 것입니다. 신체적으로 나타나는 현상들을 살피고, 이를 인지적인 것으로 성급히 전환시키거나 몸을 통제하려고 하지 않는 일이 중요합니다. 태어나면서부터 가지고 있던 나의 신체를 있는 그대로 느끼고, 우리 몸이 가지고 있는 조절 능력을 믿으며 그 기능을 더 잘 발휘할 수 있도록 열어두는 것입니다.

〈마담 프루스트의 정원〉의 폴처럼 우리도 어느 날 노래 한 곡에, 어떤 음식에, 때로는 어떤 장면에 눌러놓았던 과거의 트라우마 속으로 훅 들어가게 될 수 있습니다. 하지만 두려워하지 마세요. 우리는 선택할 수 있습니다. 긴 시간 동안 깊은 곳에 남아 있던 트라우마를 맞닥뜨릴지, 아니면 다음 때를 기다릴지를요. 준비가 되었다면 함께해줄 치료자를 찾아보세요. 깊은 동굴로 내려갈 때 의지가 되는 밧줄처럼, 조력자가 되어줄 치료자를요. 트라우마를 삶에 통합하고자 하는 여러분의 노력을 응원합니다.

빌리 홀리데이가
갈망한 것

15년 전쯤 시카고에 갔을 때의 일입니다. 처음으로 가보는 시카고였기 때문에 '재즈의 도시'라는 명성에 매혹되어 있었습니다. 사실 그때는 재즈가 뭔지도 잘 몰랐었지만, 감미롭고 나긋나긋한 분위기의 매력에 빠져 있었던 거죠. 그래서인지 시카고에 가서 제가 가장 먼저 한 일은 거리의 레코드 가게에 들어가는 것이었습니다. 거기에서 저는 빌리 홀리데이, 사라 본, 엘리자베스 피츠제럴드의 앨범을 구입했습니다. 그 순간 얼마나 설레고 가슴이 뛰었는지…….

그 앨범들은 저의 가장 큰 보물 중 하나가 되었습니다.

그 중에서도 운전할 때, 혹은 여유를 누릴 때 종종 함께 해준 것이 빌리 홀리데이의 앨범이었습니다. 그의 오묘하고 깊이 있는, 인간적이면서도 슬픈 목소리는 저의 마음에 와 닿았습니다. 저는 그가 어떤 삶을 살았을지 궁금했습니다.

빌리 홀리데이는 굉장히 불행한 어린 시절을 보냈다고 합니다. 아버지는 빌리 홀리데이와 어머니를 두고 떠났고, 경제적으로 어려웠기에 초등학교조차 졸업하지 못하고 사창가에서 일하다가 감옥에 다녀오기도 하였습니다. 다행히 호소력 짙은 목소리를 가지고 있었기에 운 좋게도 가수로 데뷔하게 되었습니다. 명성은 날로 높아져 갔고 모든 것이 행복할 것 같았지만, 그는 화려한 가수 생활에도 불구하고 몇 번의 이혼과 마약으로 얼룩진 삶을 살았습니다. 그의 채워지지 않는 갈망과 슬픔은 무엇이었을까요.

"그는 날 사랑하지 않아. 나에게 관심이 없어."

빌리 홀리데이는 결혼 생활 중 이렇게 이야기하며 늘 진정한 사랑을 갈망했다고 합니다. 그에게 진정한 사랑이란 어떤 것이었을까요?

그의 노래 중 제가 특히 좋아하는 트랙은 〈Love for sale〉입니다. 사랑을 파는 여성의 이야기로 슬픈 노래이지만, 갈라지는 듯한, 그러면서도 마음을 움직이는 그의 음울한 목소리가 가슴에 와닿거든요. 그의 아픈 과거를 닮은 노래라 더 절절하게 느껴지는지도 모르겠습니다. 그래서 그런지 그는 이 노래를 녹음할 때 단 한 번 부르고는 다시는 부르지 않았다고 합니다. 그는 어떤 심정으로 이 노래를 불렀을까요?

아무도 보호해주는 사람이 없었던 어린 시절에 얻은 끔찍한 트라우마들. 부모 없이 자란 그는 자신을 온전히 사랑하고, 무조건적으로 받아들여주고, 최우선 순위에 놓는 꿈같은 사랑과 돌봄을 원했던 게 아닐까요. 이루어지지 않는 소망 때문에 언제나 불안하고 스스로를 통제하기 어려웠던 것이 아닐까 짐작해봅니다.

빌리 홀리데이처럼 트라우마를 가지고 있는 많은 사람

들은 트라우마를 겪을 당시에 원했던 무언가나 완결되지 않은 것들에 대한 소망을 늘 가지고 있습니다. 내가 저항했더라면, 그때 좀 더 빨리 알아차렸더라면, 그때 더 조심했더라면······. 수많은 가정을 하다가 밤을 지새우기도 합니다. 빌리 홀리데이가 어린 시절 간절히 원했던 안전과 보호를 성인이 되어서도 받고 싶어 했던 것처럼요.

하지만 때로 이런 소망은 한 단계 성장하는 힘이 되기도 합니다. 학교 운동장에서 한 아이가 철봉 연습을 하고 있는 것을 본 적이 있습니다. 수업 시간에 철봉을 하다가 떨어졌다고 했습니다. 그게 너무 부끄러웠는지 철봉에 오르는 연습을 하고 또 했습니다. 끙끙거리며 연습한 끝에 다음 날 멋지게 철봉을 하는 모습을 보여주었지요. 철봉에서 떨어진 날에는 몹시 부끄럽고 친구들과 놀고 싶지 않았지만, 멋지게 성공하고 난 후로 아이는 다시 친구들과 즐겁게 놀 수 있게 되었습니다.

우리의 삶에는 이런 순간들이 많이 있습니다. 하고 싶지만 하지 못했던 것, 이루고 싶었던 것 들을 간절히 원하고 연습을 통해서 얻어내려 합니다. 반복을 통해 성장하는 것이지요.

하지만 반복할 수 없는 것도 있습니다. 이미 벌어진 사건 사고가 그렇지요. 사고로 잃은 아이들을 먹이려고 밥을 지을 수는 없고, 교통사고가 난 순간을 되돌릴 수도 없습니다. 트라우마도 같은 속성을 가지고 있습니다. 되돌릴 수 없고, 없던 일이 될 수 없지요. 대신 회복하려고 할 수는 있습니다. 철봉을 다시 도전하는 아이처럼, 트라우마를 뛰어넘기 위해서 노력할 수 있습니다. 하지 못했던 일과 동작들을 지금부터라도 완성하는 방향으로 나아가는 것입니다.

씨랜드 화재 사고로 아이를 잃은 아버지들은 아이를 무사히 지키지 못했던 그 날의 일들을 완결짓기 위해서 다른 아이들의 안전을 지킵니다. 자살로 부모를 잃은 자녀는 다른 사람의 자살을 예방하는 사회 복지사가 됩니다. 이처럼 우리는 트라우마를 불러일으키는 과거의 사건을 다시 되돌릴 수는 없지만, 극복하기 위해 다양한 행동을 할 수 있습니다. 그렇게 트라우마를 완결시키는 것이지요.

어떻게 보면 우리 사회 전체도 그렇습니다. 세월호 참사 이후 우리 사회는 안전에 대해서, 사회의 분열에 대해서 더 많은 관심을 갖게 되었습니다. 다시는 세월호 참사와 같은 상처를 만들지 않기 위해서 여러 방면으로 노력하고 있지요. 그때 구하지 못했던 아이들, 그때 미처 하지 못했던 행동들. 이 모든 것들을 완결시키기 위해서 우리 사회가 오늘도 안전과 신뢰를 쌓으려 노력하고 있는 건지도 모르겠습니다.

밤이 깊어지면
억눌려 있던 슬픔들이 기지개를 켠다
불면은 슬픔들을 위한 것
긴긴밤 내내
정처 없이 슬픔의 숲을 헤매다가
어슴푸레 새벽이 오면
신기루처럼 사라진다
시지푸스처럼, 또, 오늘
네가 없는, 오늘

마음 꽃집

재난이 있은 후 1년이 지나면 '기념일 반응'이 옵니다. 일종의 알람 반응 같은 것으로, 큰 재난이 있었을 때와 비슷한 계절, 환경이 되면 자연스럽게 그때의 감정이 되살아나는 것이지요. 사랑하는 사람 혹은 가까운 사람을 잃었다면 그 사람을 잃은 지 1년 후뿐만 아니라 그 사람의 생일이나 명절 때에도 기념일 반응이 일어나기도 합니다.

때문에 많은 문화권에서 이 1년이 되는 날을 함께 모여서 기억하고, 고인을 추모하는 등의 의식ritual을 가집니다.

그럼에도 불구하고 기념일이 다가오면 많은 사람들에게 우울, 트라우마 증상이 나타나거나 자살 사고가 늘어납니다. 그래서 2014년 십이월부터 다음 사월에 있을 세월호 참사 1주기에 대비하여 관련된 사람들이 기획 회의를 통해 여러 가지 행사 및 교육을 구성했습니다.

그중 가장 좋았던 프로그램이 '마음 건강 꽃집Anniversary's flower shop'입니다. 이게 뭐냐면, 다양한 꽃들을 가져다 놓으면 아이들이 와서 추모 꽃다발을 만드는 거예요. 꽃을 직접 고르고, 포장도 스스로 하는 거죠. 그렇게 만든 꽃다발을 분향소에 가져가거나, 기억 교실에 들어가 추모하고자 하는 사람의 책상 위에 갖다 놓는 겁니다.

아이들에게 자신만의 추모 꽃다발을 만들게 하는 것은 분명 의미 있고 도움이 되는 행사였습니다. 그 과정은 결코 쉽지 않았지만요. 임상 심리사 선생님은 난생처음 양재 꽃 시장에 가서 꽃을 사와야 했고, 아이들이 다치지 않게 꽃의 가시를 제거하고 바닥이 지저분해지지 않도록 부직포를 까는 등 할 일이 정말 많았습니다. 하지만 학생들이 활짝 웃으며 "선생님, 정말 힐링돼요"라고 이야기하자 모든 힘듦이 다 사라지는 것 같았습니다. 안개꽃은 몇 시간 되지 않아 동이 났고, 센터는 아이들의 웃음소리로 가득했습니다. 정말 보람찬 시간이었지요.

문제는 아이들이 저녁이 되도록 집에 가지 않는다는 것이었습니다. 보통 학교는 여섯 시면 문을 닫는데, 학교 안에 꽃집을 열어놓으니까 아이들이 집에 안 가는 거예요. 다들 밤 아홉 시가 넘어도 계속 꽃다발을 만들고 있길래 물어봤습니다.

"너네 꽃다발 언제까지 만들 거니? 선생님도 집에 가야 되는데."

"선생님, 기억교실에 아직도 꽃이 없는 책상이 많아요."

아이들은 모든 선배들의 책상 위에 꽃이 하나씩 있었으면 좋겠다고 생각한 겁니다. 아이들의 마음이 예뻐 저도 돕기로 했습니다. 아이들은 꽃다발을 만들고, 저는 그 꽃다발을 날랐습니다. 결국 그날 저녁 이백 개가 넘는 책상에 아이들의 정성이 가득 담긴 꽃다발이 놓여졌지요. 책상 위에 놓여진 희생자 아이들의 사진 하나하나에 눈을 맞추며 아이들이 손수 만든 꽃다발을 올려놓았습니다. 아이들의 정성에, 사진속 친구들의 모습에 울컥하고 말았습니다.

이후 마음 건강 꽃집은 고잔동 주민 센터에서 열린 이웃 꽃집으로 발전되었습니다. 세월호 참사 2주기에 단원고나 분향소를 방문하는 사람들을 위해 만들어진 공간이었지요. 추모를 위한 꽃다발과 함께 엽서를 비치해두어 방문한 사람들이 추모 글을 직접 써 걸어놓을 수 있게 하였습니다. 노인들부터 유치원생 아이까지 모두가 마음을 모아 꽃다발을 만들어 학교와 분향소를 방문하였습니다.

6년이 지난 지금도 세월호 참사의 아픔을 함께 추모하기 위해 꽃집이 열립니다. 지역 사람들의 정성으로 시작되었던 일이 이제는 지역 주민들의 마음을 모아주는 꽃집으로 발전된 거죠. 꽃집에서 보내는 시간을 통해 사람들은 슬픔을 치유하고, 서로를 보듬어나가고 있습니다.

트라우마로부터
회복된다는 것

　스쿨 닥터로 소임을 다 하고 난 뒤에 정말 많은 사람에게 질문을 받았습니다.

　"세월호 생존자 학생들은 이제 회복되었나요? 아니면 아직도 힘든가요?"

　어쩌면 의사로서는 쉽게 답을 말할 수 있을지도 모르겠습니다. "몇 가지 검사를 통해 분석해보니 몇 명은 우울증, 몇 명은 불안증이 있었고 몇 명은 문제가 없었습니다." 하지만 스쿨 닥터로서, 치료자로서 재난 피해자들의 마음을 지켜보면서 그렇게 단순하게 답을 낼 일이 아니라는 것을 알았습니다. 증상은 관찰할 수 있지만, 그들이 한 인간으로서 겪는 고통은 때로는 물어봐도 알 수 없지요. 물어볼 필요도 없이 그 고통이 짐작되기도 하지만요.

정신과 의사들은 종종 '영리한 ADHDClever ADHD'라는 용어를 쓰곤 합니다. 영리한 ADHD는 아이에게 ADHD 증상이 있지만 동시에 우수한 인지 능력을 갖고 있어서 학습이나 일상생활에서 인지 기능이 ADHD 증상의 상당 부분을 상당 부분을 마스킹* 하는 상태입니다. 그래서 검사를 해보면 겉으로 보이는 것보다 다양한 증상을 품고 있음을 발견하게 되기도 하지요.

저는 종종 큰 업적, 성장을 이룬 분들에게서 어린 시절의 트라우마 혹은 큰 사고 경험을 발견할 때가 있습니다. 역경에도 불구하고 세상에 많은 영향력을 미치면서 살아가는 분들이지요. 그런데 사실 이분들도 트라우마 증상이 없는 것은 아니거든요. 언제나 사람들과 소통하며 남들은 해내

※　어떤 자극이 다른 자극으로 인해 억제되는 일. 차폐.

지 못한 멋진 일들을 해내지만, 집에 혼자 있을 때면 우울감에 빠지거나 밤에 악몽을 꾸는 것입니다.

이런 분들은 나름대로 그 증상에 적응해서 살아가는 방법들을 터득한 겁니다. 당연히 증상의 정도에 따라 전문가의 도움을 받아야겠지만, 본인이 조절 가능한 범위의 증상들은 스스로 조절하면서 사는 것입니다. 트라우마로 얻는 심리적 어려움이 많은 게 현실이지만, 이처럼 이를 극복하면서 살아갈 만큼 증상에 대한 대처 능력과 사회에 대한 적응 능력을 키워온 사람들도 있습니다.

재난 피해자들이 회복된다는 것은 증상이 모두 없어지는 상태만을 이야기하는 게 아니라고 봅니다. 어려움을 견뎌낼 수 있는 힘을 수치화한다고 가정했을 때, 어떤 사람은 50만큼 힘이 있고 어떤 사람은 80만큼 힘이 있어요. 60만큼의 트라우마를 겪을 때 앞사람은 어려움을 겪고, 80만큼의 힘이 있는 사람은 쉽지는 않지만 지나갈 수 있는 거죠. 조절 가능한 범위니까요.

단순해 보이는 설명이지만, 실제로 어떤 트라우마 환자들은 어려움을 이겨내는 힘, 회복 탄력성Resilience을 50에서 60으로, 다시 60에서 70으로 키웁니다. 트라우마 증상이 나아지는 게 아니라, 증상을 견디는 힘을 기르는 거죠. 트라우마가 주는 어려움이 0이 될 수는 없습니다. 어떤 사건이 트라우마로 남은 이상, 마음속에서 영원히 없어지지는 않으니까요.

이것은 곧 우리가 트라우마를 입은 사람들의 삶을 단순히 평면 위에 놓고 정상이냐 아니냐를 이분법적으로 따지는 것이 아니라, 그 사람의 삶을 통합적으로 이해하고 다양한 측면들을 봐야 한다는 의미이기도 합니다. 그런 관점이 단순한 피해자, 환자로 낙인찍지 않고 그들의 삶과 아픔을 좀 더 이해하는 데 도움이 될 것입니다.

물론 약물 치료, 트라우마 치료를 했으면 좋겠다고 판단되는 환자들에게 치료를 권유하기도 합니다. 당장 자해를 하거나 자살 시도를 한다면 자신이 어떤 방식으로 살고 싶은지와 상관없이 치료를 받도록 설득하는 것이 너무나

당연합니다. 그러나 그들에게도 각자의 방식이 있으니 나름대로 일상생활이 가능하고 자신의 힘으로 트라우마를 버티고 있는 사람은 그의 방식을 존중해줄 필요도 있다고 느낍니다.

세월호에서 살아남은 친구들에게서도 종종 그런 모습을 봅니다. 아직도 그 당시의 기억이 떠오르고 잠을 못 잘 때도 있지만, 누구보다 열심히 일상을 견디며 자신의 삶을 끌고 나가는 모습들을요.

만약 그런 사람이 당신의 주변에 있다면, 그 사람의 아픔을 존중하는 만큼 성장과 인내도 존중해 주세요. 그 사람에게 가장 큰 응원이 될 테니까요.

마음과 영혼을 행복하게 해주는 이야기

4장

성장

growth

살아내고 사랑하고 꿈을 꿉니다

포기하지 않고
살아줘서 고맙다

　세월호 참사 당시에는 그저 최선을 다해 제 할 일들을 하는 수밖에 없는 상황이었습니다. 그렇게 여러 사람을 만나고 함께하다 보니 1년 6개월이 금세 지나갔습니다. 지나고 나서 보니 거기에 아이들이 있었던 거죠. 제가 뭘 해야 하는지, 뭘 치료해야 하는지 골몰하는 동안 아이들도 살고 싶어 했고, 살려고 노력하고 있었던 거예요. 제가 하는 일들이 어디 가서 닿는지조차 모르고 있다가, 그제서야 아이들이 스스로 지닌 생명력에 제 미약한 도움을 보태어 살아내고 있는 것을 알았죠.

"선생님은 너희가 참 대단하다고 생각해. 밤새 악몽에 시달려 미치도록 괴롭고 한숨도 못 잤을 텐데. 아침에 등교하는 게 정말 괴로웠을 텐데. 때로는 당장이라도 죽고 싶었을 텐데 포기하지 않고 살아줘서. 힘들고 어려운 시간을 부모님이 걱정할까 봐, 혹은 주변의 시선이 싫어서 아무렇지 않은 척 이겨내고, 웃어보고……. 그렇게 긴긴 1년 반을 살아내느라 정말 수고했어."

아이들이 졸업할 때 제가 했던 이야기입니다. 사회적으로 어마어마한 파장을 불러일으킨 트라우마 직후인지라 상황이 몹시 심각할 거라고 생각했습니다. 심각한 자살 시도를 하거나 학교를 그만두거나 하는 경우가 많을 거라고요. 그런데 아무도 죽지 않았고, 누구도 학교를 그만두지 않았어요. 그 시간이 지난 후 저는 단원고에서의 제 역할이 무엇이었을까 생각했습니다. 옆에서 같이 있어주고 함께 견려주는, 동반자로서의 역할이 굉장히 중요하다는 것을, 견디는 건 당사자들의 몫이고 저는 그들이 견디고 있다는 걸 알아주고 당사자들이 선택한 방법을 믿는, 그렇게 견디는 게 맞다고 말하는 역할이었음을 깨달았지요.

"포기하지 않고 잘 살아줘서 고맙다"라는 말로 그 아이들의 졸업을 축하해주고 싶었습니다. 이 말은 단원고 스쿨닥터로 일했던 사람으로서, 안산에서 사는 주민으로서, 또 세월호 참사가 일어났던 시대에 사는 한 어른으로서의 마음이기도 해요. 아이들이 삶을 포기하지 않고 잘 살아준 것이 얼마나 많은 사람들에게 고마운 일인지, 그걸 늘 말해주고 싶습니다.

사회는 잔인하게도 종종 피해자에게 '피해자다움'을 요구합니다. 특히 세월호 참사처럼 사회적으로 큰 의미를 가지는 재난은 더 자주 그런 시선에 놓이게 됩니다. 세월호 생존 학생이라는 꼬리표는 어린 학생들에게 너무나 무겁고 답답한 낙인이었습니다. 참사 초기에는 시도 때도 없이 닥치는 카메라에 웃지도 울지도 못했고, 시간이 지난 후에는 더 잘 살아야 한다는 강박에 시달리기도 하였습니다. 조금만 힘들어해도 걱정하고 상담을 받으라며 닦달하는 어른들 때문에 힘들다는 말도 마음대로 못했고, 숨어서 울 때도 있었습니다.

한 친구는 어른들의 걱정을 두고 이렇게 말했습니다. 그냥 손에 조그만 상처가 났을 뿐인데 빨간 약 바르고, 연고도 바르고, 밴드를 붙이고 그 위에 붕대까지 감는 것 같다고요. 그 말에 같이 한참 웃었지만, 한편으로는 안타까웠습니다.

그래서 농담처럼 들릴지 모르지만 아이들과 실제로 상담을 할 때 "알 게 뭐람?"이라는 말을 아주 많이 썼습니다. '네 인생을 살라'는 의미이자, 수많은 무거운 일들에 개의치 말고 마음을 가볍게 만들자는 의미인 거죠. 아이들이 재난 피해자에게 달리는 꼬리표와 과도한 사회적 책임, 의무 등을 훌훌 벗어던지고 그냥 있는 그대로의 자신으로서의 인생을 살았으면 좋겠기에 오늘도 저는 "알 게 뭐람?"이라고 말합니다. 그 말을 들은 아이들의 긴장 풀린 모습을 볼 때가 동반자로서 가장 큰 기쁨을 느끼는 순간이니까요.

놓아주지 않으면 자유로울 수 없고

자유롭지 않으면 크게 볼 수 없고

크게 보지 못하면 즐길 수 없다

새로운 바람이 불 땐

두려워 말고

마음 가벼이 두 팔 벌려

온전히 흐름을 즐겨보자

어디로 갈지는 모르지만

의외로 멋진 여행일지도 모르니

세상의 온도를
높이는 법

파리 테러가 일어났을 때의 이야기입니다. 예전부터 전쟁 이야기에 민감하던 여덟 살 큰아들에게 이 사건은 적잖은 충격이었나 봅니다. 잠들기 전 잠자리에 누워서 테러는 언제 어디서 일어나는지, 어느 나라가 힘이 제일 센지, 왜 북한은 전쟁을 좋아하는지 끝없이 질문을 해댔습니다.

며칠 후, 큰아들이 퇴근하고 들어오는 저를 보고 문 앞에 서서 당당하고 결의에 찬 모습으로 할 말이 있다고 했습니다.

"엄마, 나는 커서 대통령이 되고 싶어. 나라들이 서로 너무 싸워서 내가 해결해야겠어."

순간 말문이 막혔습니다. 아이가 불안이 높고 걱정이 많은 건 아닌가 했는데……. 뜻밖의 말에 아이를 믿지 못하고 걱정부터 한 엄마의 부족함을 들키기라도 한 듯 얼굴이 화끈거렸습니다. 늘 진료실에서 "아이 안에는 가능성이 있다. 부모의 걱정이 자꾸 그늘을 만들어 그 가능성을 보지 못할 뿐이다"라고 말해왔는데, 제가 그랬던 겁니다.

성장은 트라우마를 경험한 아이들에게서 의외로 자주 발견됩니다. '안전'이라고 하면 안전장치와 같은 하드웨어들을 많이 생각하는데, 마음속 '안전', 즉 안전의 소프트웨어도 정신 건강에 참 중요한 역할을 합니다.

트라우마는 세상이 안전하지 않다는 방증이기도 합니다. 생각지도 못한 사고를 경험하고, 잘못한 것이 없는데 따돌림을 당하고, 어느 날 갑자기 가족을 잃습니다. 세상은 안전하고 모든 사람은 신뢰할 수 있다는 생각이 무너지게 되는 것이지요. 그래서 사람들은 트라우마를 경험하고 나면 스스로 안전을 지키기 위해 정보를 수집하며 무언가를 하려고 합니다. 이 과정에서 아이들은 심적 부담감을 느껴 병을 얻기도 하고, 강한 의지를 바탕으로 성장을 하기도 합니다. '안전'이 심리의 영역에서는 불안이나 우울로 변질될 수도 있고, 안전을 확보하기 위해 신뢰를 만들어가는 과정이 될 수도 있는 거죠.

아이들의 트라우마는 어른들과 다른 점이 많습니다. 어른들은 이미 성장하였으므로 트라우마를 겪기 이전의 상태로 돌아가면 됩니다. 하지만 아이들은 성장하는 과정에서 트라우마를 겪었기에 그 상태에 머물러버리게 됩니다. 예를 들어 초등학교 3학년 때 성폭력을 겪으면 정서, 인지, 사회성 등이 모두 그때의 상태에 고착됩니다. 트라우마로 인해 타인과의 관계 형성을 회피하고, 집중하기도 어려워지고, 감정 조절도 잘 되지 않는 것이지요. 그래서 아이들을 치료할 때는 트라우마 치료를 하면서 다양한 발달이 이루어지도록 보조적인 치료들이 다방면으로 함께 이루어져야 합니다.

　또 어른들은 트라우마 치료 시 자신의 힘으로 해결해야 하는 부분이 많지만, 아이들은 부모님이나 환경의 영향을 많이 받기 때문에 치료를 계획할 때부터 주변 환경을 조정하는 것이 중요합니다.

　한 가지 흥미로운 점은 트라우마로부터 성장한 아이들이 믿을 수 없고 안전하지 않은 세상에서 스스로 안전 기지 역할을 하려고 한다는 것입니다. 세월호 생존 학생들은 트라우마를 겪은 후 많은 사람들의 도움을 통해 '도움을 받는 것이 이렇게 좋고, 또 중요하구나'라는 사실을 깨닫고는 사회복지학과, 간호학과, 물리치료학과 등 누군가를 돕는 일을 배우는 학과에 진학하는 경우가 많았습니다. 불안정한 세상에서 다른 사람들을 돕는 방식으로 세상의 안정성을 확보하려 한 결과이지요. 그렇게 아이들은 세상을 바꿔나가는 모습으로 성장합니다. 앞에서 이야기한 단체 '운디드 힐러'도 청소년들의 성장을 잘 보여주는 예이지요.

　해결 중심 치료에서 내담자는 문제를 해결할 자원을 가지고 온다고 합니다. 때문에 치료자는 내담자를 존중하고 강점을 키워주는 데 주력하지요. 어른들이 아이들의 상처에 잘 공감해주되, 스스로 세상을 안전하게 만들려는 자발성과 가능성에도 집중하면 어떨까요? 그렇게 자란 아이들은 세상의 온도를 높이겠지요.

　집에 가서 아이의 마음을 천천히, 더 많이 들어봐야겠습니다. 그 속에 있는 가능성들을 함께 발견해주는 것이야말로 어른들의 역할일 테니까요.

마지막 상담을
정리하며

2015년 가을에 들어서면서 새로운 고민이 생겼습니다.

'아이들이 학교 밖으로 나가서 잘 지낼 수 있을까? 대학에 가서도 적응할 수 있을까?'

저뿐만 아니라 많은 사람들이 걱정했습니다. 학교에서는 선생님들이 아이들을 지켜봐주고, 친구들도 이야기를 들어줍니다. 비교적 기댈 수 있는 사람들이 있는 환경에서 학창 시절을 보내지요. 그래서 보통 아이들도 고등학교를 떠나 대학에 가게 되면 커다란 변화에 힘들어하기도 합니다. 하지만 이 친구들에게는 '세월호 생존 학생'이라는 또 다른 이름이 붙었기에, 새로운 환경에 처하는 것이 더욱 큰 두려움을 동반했을 겁니다. 아이들은 수없이 고민했겠지요.

'대학에 가면 세월호 생존자라는 것을 밝혀야 할까? 이 사실을 사람들이 알면 어떤 반응을 보일까?'

아이들의 심리적인 어려움을 도와주고자 많은 기관에서 여러모로 준비했지만, 결국 온전히 삶을 견디는 것은 각자의 몫이었기에 고민이 많을 수밖에 없는 시간이었습니다.

저 역시 아이들이 졸업하기 전에 준비해야 할 것이 있었습니다. 일반적으로 심리 치료 마무리 단계에서는 함께 작업해온 시간을 정리하는 마지막 세션을 가지는데, 아이들이 한두 명이 아니었기에 모두 다 한 번씩 만나려면 시간이 상당히 많이 걸렸습니다. 게다가 부모와 함께 만나야 했기 때문에 더욱 긴 시간이 필요했지요.

하지만 이 세션은 아이들의 고등학교 시절을 정리하고 앞으로의 심리 치료 대책을 같이 세우는 아주 중요한 일이었습니다. 허락된 시간이 많지 않았기 때문에 한 시간 한 시간이 매우 소중했습니다. 한 명씩 차트를 리뷰하고, 타 기관으로 보낼 의뢰서를 작성하고, 아이가 대학에 가서 어떤 문제가 생길 수 있을지 미리 생각해보았습니다. 또 그간 심리치료를 하면서 어려웠던 부분들, 치료받아야 할 부분들 등을 정리하였습니다. 그리고 아이들을 한 명 한 명 만나기 시작했지요.

　마지막은 언제나 기억에 남습니다. 할 일을 다해서 후련하다는 생각이 들면서도 그들을 떠나보내는 것이 마음에 걸려 속이 편치만은 않았습니다. 앞으로 아이들은 어떤 삶을 살아낼까요. 이미 벌어진 사건과 평생 안고 가야 할 트라우마. 그 무게를 덜어내는 일이 쉽지는 않겠지만, 아이들이 자라며 더 잘 감당할 것이라고 믿고 싶습니다. 지금까지도 충분히 잘 해주었으니까요. 아이들과의 상담을 마무리하면서 자그마한 확신이 고개를 들었습니다.

직장을 옮겼고 이사를 했다
아이들은 전학을 갔고
입주 아주머니를 출퇴근으로 바꾸었다
한동안 주말에만 만나던 신랑과 다시 동거하기 시작했다
고양이는 성묘가 되었고
나를 둘러싼 세상도 시간에 따라, 큰 흐름에 따라 변해갔다

옳거나 바람직하거나 정의롭다거나 아름답다거나 하는 것과
상관없이
여전히 이유 없이 시간에 쫓기다
소소한 인간다움에 만족하고
실망하고 분개하던 이런저런 소식은
일상에 떠밀려 멀어져간다

예전과 다른 것은
발이 바닥에 닿는다는 것
바람의 방향이 바뀌었고
마음의 방향도 분명해졌기에
이제 남은 것은
과정을 즐겁게 지나가는 일이다

치료자는
약속을 지킨다

　의사에게 가장 중요한 사람은 아마도 환자일 겁니다. 치료자에게 가장 중요한 사람은 내담자고요. 단원고에서 나올 시점이 다가오면서 생각했습니다. 의사니까 내 환자들이 있는 곳에 있자고요.

　단원고에 처음 들어갔을 때 학부모들과 했던 대화가 생각납니다.

　"도대체 여기서 얼마나 있으실 건가요?"

　"2년 반 동안 학교에서 아이들을 돌볼 예정입니다."

"정말로 2년 반 동안 있을 수 있어요?"

"특별한 일이 없는 한 그럴 겁니다."

재난 초기가 워낙 혼란스러웠고 많은 치료자들이 봉사의 개념으로 재난 현장을 왔다 갔기 때문에, 피해자들은 긴 시간을 함께할 수 있는 치료자를 원했습니다. 그러면서도 치료자들이 계속 있을 거라고 믿기 어려웠고요. 상황이 그랬으니까요.

하지만 처음에 2년 반 동안 있을 거라고 약속하고 나름 열심히 일하다 보니 그들은 저를 점차 믿어주기 시작했습니다. 비록 약속한 기간을 다 채우지 못하고 학교에서 나오게 되었지만, 안산에 작은 의원을 열고 마음 건강 센터도 마련하였습니다. 병원이라는 공간이 낯선 친구들을 위해서였지요.

한편으로는 이런 생각도 있었습니다.

'세월호 참사로 인해 단원고에서 시작된 마음 건강 센터가 안산 지역 전체에 도움이 되는 센터가 되었으면 좋겠다. 그래서 많은 사람들이 세월호 참사 때문에 상처를 받았지만 오히려 그로 인해 트라우마로부터 더 스스로를 잘 지킬 수 있게 되고, 더 잘 회복되었으면 좋겠다. 세월호 참사가 아픔인 동시에 성장을 상징할 수 있었으면 좋겠다. 마음 건강 센터가 그것을 도와줄 수 있으면 좋겠다.'

제가 굳이 안산에 개원을 한 건 처음 단원고에 들어갔을 때 학부모들에게 한 약속을 지키기 위해서였습니다. 치료자는 원래 약속을 지켜야 하는 사람이고, 보이지 않더라도 곁에 있어주는 사람이니까요. 아이들이 '김은지 선생님도 학교에서 쫓겨났는데 꿋꿋하게 일하고 있다. 우리도 저렇게 버텨보자.' 이런 생각도 해보길 바랐고요.

안산시 정신 보건 센터나 다문화 센터 등지에서 마음 건강 센터로 많은 환자들을 보냅니다. 저는 그분들의 심리 치료 역시 지원하고 있지요. 마음 건강 센터가 안산에 도움이 되고 필요한 존재가 되는 것으로, 단원고 아이들도 똑같이 세상에 없어서는 안 될 존재라는 메시지를 간접적으로 주고 싶었습니다. 이게 아니면 제가 여기 있을 이유도 없는 걸요.

　저에게 치료를 받았던 분들은 너무 힘들 때면 다시 연락해서 찾아오다가도 조금 도움을 받아 괜찮아지면 소식이 없습니다. 처음에는 걱정이 되었지만, 이제는 어느 날 보이지 않더라도 오히려 '살 만한가 보다' 싶어 다행이라는 생각이 들어요. 대체로 무슨 일이 있을 때 저에게 연락하니까요. 필요할 때면 언제든 연락하라고 말해주는 것도 잊지 않습니다. 그들에게 힘을 주자는 것이 스스로와 한 약속이기도 하니까요.

소아 청소년 정신과 의사로서 평생 내가 할 일 중
이 일이 가장 순수하고 열정적이고 소중한 일이기를
또 부디 가장 성공적인 일이 되기를 간절히 기도합니다.

수호신
곰돌이

앞에서 이야기한 것처럼 제 진료실에는 커다란 곰돌이 인형이 두 개나 있습니다. 한 녀석은 성인만큼 키가 크고 한 녀석은 초등학생 정도 크기입니다. 아이들은 진료실에 들어오면 곰돌이로 돌진합니다. 다 큰 성인들도 곰돌이를 안아보고 싶어 하지요. 곰돌이들은 트라우마 환자를 볼 때 유용합니다. 트라우마 환자들의 자원이 되어주기도 하거든요. 환자들은 곰돌이의 따뜻하고 부드러운 촉감 덕분에 안정감을 느낍니다.

모든 치료실에 한 마리씩 있는 이 곰돌이들이 저희 센터에 오게 된 것은 2018년 오월쯤이었습니다. 원래 마음 건강 센터에서는 진료를 원하는 세월호 피해자들을 돌봐주는 일만 했는데, 점차 취약 계층 아이들을 위해 자원을 연결해주고 치료비도 지원해주는 등 확장을 시작하고 있었지요.

이렇게 한 뼘 한 뼘 성장한 센터의 현판식이 많은 사람들의 축하 속에서 열리던 날, 오랜 시간 동안 지켜봐주고 응원해주었던 분들이 마음을 담아 선물해주었습니다. 자신의 이름을 새긴 곰돌이를요. 그래서 센터의 모든 치료실에 곰돌이가 하나씩 있게 된 것입니다.

아이들은 치료실에 들어올 때면 곰돌이에게 폭 안기기도 하고 베고 누워 휴식을 취하기도 합니다. 화가 날 때는 곰돌이와 레슬링을 하죠. 곰돌이는 아무 말도, 어떤 판단도 하지 않고 따뜻하게 아이들을 받아줍니다. 그리고 매일 같은 자리에서 아이들을 기다립니다. 아이들을 응원하는 사람들의 따뜻한 마음처럼요.

사람들은 트라우마를 경험하고 나면 그 당시가 제일

힘들고 그 뒤로는 서서히 나아질 것이라 생각하지만, 늘 그런 건 아닙니다. 때때로 트라우마는 오랜 시간이 지난 후에 삶에 영향을 미치기도 하고, 어떤 계기로 인해서 숨겨져 있던 트라우마가 튀어오르기도 합니다. 트라우마의 영향이 언제 나타날지 정확히 알 수 없는 것이지요.

그래서 저는 그런 공간이 있었으면 좋겠다고 생각했습니다. 갑자기 트라우마 기억이 찾아와 힘들 때, 오랫동안 스스로를 억압하며 살다 문득 더 이상은 견디기 힘들다고 느꼈을 때, 이런 자신의 마음을 누구도 이해해주지 못할 것 같아 절망스러울 때 망설이지 않고 찾아갈 수 있는 공간. 내 상처를 잘 아는 선생님이 있는 공간. 나를 판단하지 않고, 평가하지 않고, 내 모습 그대로를 수용하고 지지해주는 공간. 그런 공간이 있다면 아이들이 트라우마로부터 벗어나 세상을 살아가는 데 작은 힘이 될 수 있을 테니까요.

그리고 그 공간의 시작이 마음 건강 센터였으면 좋겠다고, 그 공간을 떠올릴 때 많은 사람들의 마음이 담긴 곰돌이의 푸근함이 떠오르면 참 좋겠다고도 생각했지요.

오늘도 곰돌이들은 든든한 자원이 되어 저와 함께 아이들의 아픔을 듣고 수용합니다. 10년 후에는 곰돌이들도 유능한 치료자가 되지 않을까 하는 공상을 하면서 웃어봅니다. 그때면 마음 건강 센터에서도 더 많은 아이들을 돕게 되겠지요.

스스로 내려놓고
나를 자유롭게 하세요

작은 버스에 다양한 모습의 승객들이 타고 있는 그림이 있습니다. 무서운 괴물 같은 승객도 있고, 보기만 해도 기분 좋아지는 사랑스러운 승객도 있습니다. 이 그림은 수용 전념 치료에 사용하는 그림으로, 저는 이 그림을 매우 좋아해서 강의할 때 종종 쓰곤 합니다.

우리는 버스 운전사입니다. 우리가 길에서 만난 경험들은 어떤 생각, 느낌, 감정 등을 만들어냅니다. 때로는 신기한 경험이 긍정적인 감정을 손에 들고 버스에 타기도 하고, 어떨 때는 끔찍한 경험이 공포를 품은 채 승객으로 탑승하기도 합니다. 우리는 부정적인 감정과 생각을 피하고 싶어 합니다. 버스에 타지 않기를 바라지요. 하지만 그것은 불가능한 일입니다. 경험은 필연적으로 감정과 생각을 만드니까요. 버스에서 쫓아낼 수도 없습니다. 쫓아내려면 그 생각들과 싸워야 하지요. 그러다 보면 싸우느라 아무것도 할수 없고, 버스는 목적지에 닿을 수 없게 됩니다.

우리의 선택지는 오직 그 생각과 감정 들을 버스 안에 머무르게 하는 것입니다. 그들과 타협할 수도 있지요. 여기에 머무르는 대신 얌전히 있기로요. 순조롭게 타협이 끝나면 원치 않는 감정은 뒤로 하고 운전을 해나가는 데 집중할수 있게 됩니다. 승객을 가려 받을 수는 없습니다. 무서운 승객도 있지만 보석처럼 빛나는, 행복한 승객들도 있지요. 우리는 그 모두를 싣고 삶의 목표라는 최종 목적지에 가기위해서 운전을 계속하는 것입니다.

저는 마음이 어지러울 때, 원하지 않는 생각이 자꾸 떠오를 때, 어떤 걱정을 떨칠 수 없을 때 이 버스를 떠올립니다. 골치 아프고 힘든 것들은 그냥 내버려두고 제가 가야 할 길에 좀 더 집중하는 것이지요. 좋은 승객들이 제 안에 함께 있음을 잊지 않는 것은 물론입니다.

시간이 지나면서 마음에 찾아온 작은 깨달음이 있습니다. 어른이 되어간다는 것은 어쩌면 마음대로 할 수 있는 일이 많지 않다는 사실을 인정하는 과정일지도 모르겠다고요. 인생은 열심히 공부해서 일등 자리에 오르는 것과는 거리가 멀지요. 아무리 노력해도 되지 않을 수 있고, 되지 않는다 하더라도 반드시 그게 나쁜 결과라고 말할 수 없습니다.

자신의 유한함을 인정하고, 아집을 내려놓고, 일어나는 일들을 있는 그대로 받아들일 때 우리는 진정한 평안과 감사를 만나게 됩니다. 그리고 할 수 있는 것들에 집중하게 되지요. 나는 나의 자리에서, 그들은 그들의 자리에서 평온하게 존재하는 순간입니다.

평온함이라는 것은 생각, 감정 등에 사로잡히지 않고 현재의 순간에 그저 존재함을 의미합니다. 이는 우리를 자유롭게 합니다. 버스 운전대에 앉아 타고 있는 승객들에 대한 복잡한 마음을 내려놓은 채 앞에 놓인 길을 바라보면, 지금 이 순간 무엇이든 자유롭게 선택할 수 있다는 사실을 깨달을 수 있을 겁니다. 내려놓음으로써 비로소 나로 살 수 있게 되는 것이지요.

일상과 트라우마 사이의
영원한 진자 운동[*]

　5년 전, 네 식구가 다 집에 있었던 주말이었습니다. 아침에 일어나보니 밤새 꼬맹이들이 침대에 침입하여 붐비고 있었고, 일찍 일어난 남편은 주방에서 무언가를 만들고 있었습니다. 저는 아침에 먹을 과일을 사러 나갔습니다. 장 보러 가는 길 곳곳에는 집회의 흔적이 나뒹굴고 있었고 라디오에서는 파리 테러 소식이 흘러나왔습니다.

　부쩍 추워진 바람에 겨울을 느끼면서도 바람 때문만은

[*]　외상적 사건에 의해 촉발되는 양극단의 증상(각성과 무력)을 허용하는 것. 극이동.

아닌 오묘한 한기를 느꼈습니다. 좀 전까지만 해도 따뜻한 일요일이었는데, 지금은 마치 전쟁터 한복판에 선 듯한, 위태로운 현실에 길을 잃은 듯한 기분이 들었습니다.

재난 현장에서 일하면서 이런 감정을 자주 느꼈습니다. 위태롭고 불안한 느낌. 많이 힘든 경험을 한 날은 그 기억이 집에 돌아와서도 머릿속을 떠나지 않았습니다. 그래서 저는 퇴근할 때 가게의 셔터를 내리는 상상을 반복해서 하곤 했습니다. 이 상상은 조그맣고 안전한 가족의 공간을 지킬 수 있도록 도와줬습니다. 저녁이면 집으로 돌아와 아이의 손을 잡을 수 있게 해주었고, 아이를 사랑하며 에너지를 채울 수 있게 해주었습니다.

그 힘으로 학교로 돌아가 하루를 버틸 수 있었습니다. 내 자식들을 사랑하는 만큼 단원고 아이들을 이해하려고 노력했고, 노력해서 이해할 수 있었습니다. 내 자식들을 사랑했기에 아이들의 가족들을 이해할 수 있었습니다. 그렇게 일상과 재난 사이를 오가면서 재난의 한복판에서 아이들과 함께하기 위해서 노력했습니다.

소매틱 익스피어리언싱Somatic experiencing이라고 하는 트라우마 치료에서는 '진자 운동'을 이야기합니다. 트라우마를 서서히 해결하기 위해서 트라우마와 자원 사이를 왔다갔다 하면서 치료를 하는 것이지요. 환자를 트라우마에 머무르게 한 후 각성 상태가 너무 올라가면 자원을 초대하여 자원에 머무르게 합니다. 그러면 자원을 통해 힘을 충분히 채워서 다시 트라우마를 탐색할 수 있지요. 이 과정을 통해 환자가 조절력을 가질 수 있게 합니다. 트라우마를 다루면서도 조절할 수 있는 범위에 머무를 수 있다는 통제감과 안정감을 주는 것이지요.

어쩌면 우리의 삶은 트라우마 치료처럼 일상과 재난이라는 진자 운동을 반복하는 것일지도 모르겠습니다. 우리는 코로나로 인해 일상을 잃어가고 있습니다. 마스크를 벗고 맑은 공기를 들이마시는 것조차도, 마음껏 놀러 나가는 것조차도 쉽지 않은 일이 되었습니다. 아이들은 친구들과 뛰어노는 시간을 잃었고 어른들은 동료들과 어울리는 시간을 미루었습니다.

저는 그래서 한동안 꽃을 키웠습니다. 감자와 토마토도 키웠습니다. 손수 키운 바질로 바질페스토 스파게티를 만들고, 큰아들이 막 캐낸 감자로 그라탕을 만들었습니다. 작은아들은 베란다 텃밭에서 방울토마토를 한 바구니 따오고요. 그렇게 차린 식탁을 어여쁜 제라늄으로 장식하면 행복이 따로 없었습니다. 극이동을 반복하면서 더 큰 기쁨과 슬픔을 맛보았습니다. 인생이란 어쩌면 이런 것일까요.

코로나를 없애는 것이 가능한지 모르겠습니다. 하지만 감염병 재난이 만들어 낸 지치고 힘든 순간에 우리가 머무를 수 있는 자원을 만들기 위해 노력할 수는 있지 않을까요. 아침에 코로나 확진자의 숫자를 들여다보기보다 내 마음을 따뜻하게 해줄 플레이리스트를 확인하는 것. 엉망이 된 여행 계획에 분노하기보다 남은 여유와 자유로움에 관심을 두는 것. 이렇게 작은 자원들에게로 극이동하면서 우리의 삶을 채워가다 보면, 아름다운 모자이크로 채워진 지난 시간들을 발견할 수 있을 겁니다.

부러진 손톱에 얼굴이 긁혔다
그러고 보니
손톱은 자라다 못해 부러지고
단발이 어깨를 덮도록 몰랐다
마음, 넌 어디에 머물렀었니?
어깨에 가만, 손을 얹고 바라보았다
줄수록 채워지는 사랑처럼
수척한 얼굴로 빛나는 너를

마음이 어지러울 땐
'꽃멍'을 해요

지난여름 긴긴 장마가 있었습니다. 베란다의 제라늄들은 잎을 축 늘어뜨렸고, 그걸 바라보는 꽃 집사의 마음도 까맣게 타들어갔지요. 창문을 활짝 열어놓고 비를 피하게 해주면서 꽃들과 꽃 집사에게 힘든 시간이 지나갔습니다.

시간은 훌쩍 지나 가을이 되었습니다. 세상의 종말 같았던 코로나는 일상이 되었고, 이제 우리의 마음에는 공포 대신 우울과 절망이 자라나고 있습니다. 이를 직접적으로 마주하는 제 마음도 쉽지는 않았지요. 무기력, 가족 간의 갈

등, 실직, 구직의 어려움, 희망이 보이지 않아 삶을 놓아버리기를 원하는 사람들……. 우리는 아주 긴 터널을 지나가고 있습니다.

어느 가을날, 한동안 물을 주지 않아 시들었으면 어쩌나 하는 걱정에 오래간만에 꽃들에게 물을 주려 베란다에 나갔습니다. 다행히 제 생각과 달리 제라늄들은 일제히 어여쁜 꽃들을 피우고 있었습니다. 우리가 코로나의 터널에서 빠져나오지 못한 채 낙담하고 있는 사이, 꽃들은 장마의 터널을 지나 새순을 만들고 꽃을 피웠습니다. 베란다 창 너머 산등성이에는 울긋불긋 가을이 물들고 있었지요. 자연을 바라보던 저의 마음속에서 불현듯 희망이 떠올랐습니다.

올해 초 코로나로 인해 아이들이 학교에 가지 못하고 집에서 가만히 보내던 시간 동안 집에서 방울토마토를 키웠습니다. 가족 모두 열심히 키웠지만 어떤 녀석은 쑥쑥 자라고 어떤 녀석은 덜 자랐지요. 처음에는 덜 자라는 녀석들에게 비료도 더 주며 신경을 썼지만, 곧 알게 되었습니다. 바람과 햇살이 성장의 차이를 만든다는 것을요.

베란다 창틀에 올려놓은 녀석들은 햇살을 흠뻑 받고 시원한 바람에 잎사귀를 흔들어대며 쑥쑥 자라났습니다. 자연은 부지런히 따스한 햇살과 바람을 베풀어주었고, 가족들은 아침마다 잘 익은 토마토를 수확하는 기쁨을 누릴 수 있었습니다. 그때 알았지요. 우리가 자연의 돌봄 안에 살고 있다는 것을. 매일 아침 찾아오는 자연이 너무나도 감사한 것임을.

자연의 품 안에서 산다고 생각하면 나의 유한함을 느낍니다. 겸손해지고, 모든 것을 받아들이게 되고, 자연의 섭리 안에 속한 존재로서 내가 할 수 있는 것들을 깨닫지요.

자연의 섭리를 이해하게 된 후 저는 종종 상담을 하러 온 부모님들에게 아이들과 같이 텃밭을 가꾸어보라고 말씀드립니다. 햇살에 농작물이 쑥쑥 크는 것도 보고, 태풍에 상할까 애태워도 보고, 단비가 내리는 날이면 물을 주지 않아도 된다는 사실에 기뻐하기도 하고……. 그 과정을 통해서 아이가 자신을 위대한 자연의 일부로 받아들이며 안정감을 느끼고 자연의 순리에 겸손해지는 법을 배울 수 있으니까요.

어쩌면 세상에 벌어지는 모든 일들이 우리에게 이렇게 속삭이는지도 모르겠습니다. 자연 앞에서 우리가 얼마나 작은 존재인지, 우리가 대자연의 작은 존재로서 자연에게 얼마나 도움을 받고 있고 얼마만큼 자연과 어우러져 살아가고 있는지, 우리가 얼마나 사랑받고 있는지 알고 있느냐고…….

그 일은
나를 선택하였습니다

안산에서 일하기 시작하면서부터 저는 늘 수많은 질문에 둘러싸여 있었습니다. 누군가는 왜 단원고에서 스쿨 닥터로 일하는지, 거기 들어가서 하고자 하는 게 무엇인지 물었습니다. 시간이 지난 후 또 질문을 받았습니다. 언제까지 있을 건지, 거기에 왜 남아 있는지. 개원을 하자 다시 한번 질문이 날아왔습니다. 왜 하필이면 안산에 개원하는지.

수많은 질문 속에서 저 역시 깊은 고민에 빠졌습니다.

'나는 왜 이 일을 하려고 하는 걸까? 다른 사람들이라

면 선택하지 않았을 일을 왜 선택했을까? 과연 내가 잘하고 있는 걸까? 이렇게 하는 것이 맞을까?'

누구도 해본 적이 없었던 일이었기에 스스로에게 더 많이 질문하고 더 많이 고민할 수밖에 없었습니다.

처음 단원고에서 일을 시작했을 때의 일입니다. 저는 학교 안에서 심리 지원을 하는 것이 쉽지 않음을 알고 있었고, 주변의 반대도 있었습니다. 스쿨 닥터라는 제도가 처음 생겨난 것이기에 행정적으로도 불안정했고, 학교에 마땅한 자리가 마련되어 있는 것도 아니었죠. 누구라도 쉽게 결정할 수 없는 자리에 가겠다고 마음먹기 위해서는 스스로 납득할 만한 이유가, 실현 가능한 목표가 있어야 했습니다.

'아무리 상황이 어려워도 아이들 가까이에서 2년 반 동안 전문적인 치료를 꾸준히 제공하면 최소한 반 정도는 나아지게 할 수 있지 않을까? 그 일을 누군가 할 수 있다면, 내가 그 일을 선택할 수 있다면 의사로서 당연히 하는 쪽을 선택해야 하는 것 아닐까?'

그때는 잘 할 수 있을 거라 생각했습니다. 하지만 재난 현장에 들어간 후 이런 저의 생각들은 참으로 이상적이고 비현실적이라는 것을 알게 됐지요. 그렇게 수없이 많은 내려놓음과 수용의 시간이 지나갔습니다.

2년 동안 재난의 한복판에서 일하면서 알게 된 사실이 있습니다. 어떤 일들은 한두 명의 의지로 좌지우지되는 게 아니라는 것을요. 그 일들은 거대한 흐름과 질서를 따라가는 것뿐이고, 우리는 그 안에서 그저 잘 쓰이기를 기도할 수밖에 없다는 것을요. 무언가 특별히 잘해서도 아니고, 전생에 죄를 지어서도 아니며 단지 큰 흐름 속에서 때맞춰 나에게 주어진 일을 한다는 것을 깨달았습니다.

그렇기에 안달복달할 필요가 없었습니다. 그저 맡은 일에 최선을 다하면 결국에는 닿을 테니까요. 지구가 둥글다고 아무리 외쳐도 때가 되지 않으면 사람들이 믿지 않듯이, 제가 좀 더 빨리 일을 진행시키려고 발버둥쳐도 때는 정해져 있고 그때 준비된 만큼의 일만 할 수 있을 테니까요.

더 큰 일들은 다음에 올 누군가가 이루게 될지도 모르겠습니다. 하지만 저 역시 중요한 부분을 맡았다고 믿습니다. 제 앞에 놓인 조각을 제가 감당하지 않았을 때 흐름이 순탄해지지 않을 수도, 아예 바뀌어버릴 수도 있기 때문이죠. 큰 강에 작은 물방울 하나가 더해지면 댐이 무너질 수 있는 것처럼요. 비록 제 한계는 여기까지일지도 모르지만, 거대한 흐름 안에서 최선을 다했다는 사실만으로도 감사하다는 생각이 듭니다.

제게 주어진 지금의 역할이 지나가면 모든 것을 내려놓고 개인의 삶에 더 충실할 수 있을 거라고, 홀가분한 상상을 해봅니다. 그때는 의사가 아니라 화가의 삶을 살거나 연극 무대에서 열정을 뿜는 배우의 삶을 살아보면 어떨까 합니다. 이런 생각이 저를 행복하게 합니다. 이렇게 살아가다 보면 언젠가는 그런 일들이 나를 선택하는 날도 오겠지요.

용감하던 시절에는 노력하면 다 되는 줄 알았다

될 때까지 부딪히고 이 악물고 버티면 되는 줄 알았다

나이가 들고

믿을 수 없을 만큼 소중한 아가들도 얻고

한편으론 믿을 수 없을 만큼

잔인한 운명과 인간을 목도하면서

마음을 다해

기도하는 나를 발견하게 되었다

무언가를 넘어선 무언가에 대한 경외감

상식을 벗어난 악이 있다면

상식을 벗어난 선도 있을 것이다

인간으로 할 수 있는 것을 다하고

겸허한 마음으로 기다린다

기다리며 기도로 간절히 구한다

부디 우리에게 조금 더 좋은 것을 주시기를……

이제 혼자 아파하지 마세요

1판 1쇄 발행 2020년 12월 14일

지 은 이　김은지
펴 낸 이　신혜경
펴 낸 곳　마음의숲

대　　표　권대웅
편　　집　전유진 채수희
디 자 인　임정현 박기연
마 케 팅　노근수 김은빈

출판등록　2006년 8월 1일(제2006-000159호)
주　　소　서울특별시 마포구 와우산로30길 36 마음의숲빌딩(창전동 6-32)
전　　화　(02) 322-3164~5　팩스 (02) 322-3166
이 메 일　maumsup@naver.com
인스타그램　@maumsup
용지 (주)타라유통　인쇄·제본 (주)에이치이피

© 김은지, 2020
ISBN 979-11-6285-067-1 (03810)

＊이 도서의 국립중앙도서관 출판예정도서목록(CIP)은 서지정보유통지원시스템 홈페이지(http://seoji.nl.go.kr)와
　국가자료종합목록 구축시스템(http://kolis-net.nl.go.kr)에서 이용하실 수 있습니다.
　(CIP제어번호 : CIP2020050613)